jabuticaba

Jan Wagner

variações sobre tonéis de chuva

edição bilíngue

coordenação editorial
Marcelo F. Lotufo

tradução
Douglas Pompeu

revisão e cotejo
Mário Gomes

revisão
Matheus Guménin Barreto
Cláudia Alves

capa
Manu Wolff

ilustrações
Melissa Vogelgsang

Original title: REGENTONNENVARIATIONEN: GEDICHTE
by Jan Wagner

This book was negotiated through Ute Körner Literary Agent - www.ukilitag.com

The translation of this work was supported by a grant from the Goethe-Institut

GOETHE INSTITUT

ISBN 978-859347813-0

Dados Internacionais de Catalogação na Publicação (CIP) de acordo com ISBD

W132v Wagner, Jan

Variações sobre tonéis de chuva / Jan Wagner ; traduzido por Douglas Valeriano Pompeu. - São Paulo : Edições Jabuticaba, 2019.
184 p. : il. ; 14cm x 21cm.

Tradução de: Regentonnenvariationen
Inclui índice e anexo.
ISBN: 978-85-93478-13-0

1. Literatura alemã. 2. Poesia. 3. Literatura alemã contemporânea. I. Pompeu, Douglas Valeriano. II. Título.

2019-197 CDD 831
CDU 821.112.2-1

Elaborado por Vagner Rodolfo da Silva - CRB-8/9410

Edições Jabuticaba
www.ediçõesjabuticaba.com.br
www.facebook.com.br/Edjabuticaba

Índice

III

IV

V

Jan Wagner

variações sobre tonéis de chuva

I

urtiga

não se subestima: a urtiga
já leva a urgência no nome – daí pois
suas flores tão branco-flutuantes, virgi
-nal como um sonho de déspotas.

retorna sempre como uma culpa
antiga envia sua tramoia em gírias
sob a grama e o campo no escuro
até algures novamente surgir

um bunker de resistência felpudo. atrás da garagem
pela gravilha rilhante, ao pé do juazeiro: urtiga
como espuma, baba, que sem alarde age,

rasteja até o terreno mais baldio, até que urtiga
germine pura em toda parte, no jardim inteiro urtiga
urge sobre urtiga, urdida com nada mais que urtiga.

giersch

nicht zu unterschätzen: der giersch
mit dem begehren schon im namen – darum
die blüten, die so schwebend weiß sind, keusch
wie ein tyrannentraum.

kehrt stets zurück wie eine alte schuld,
schickt seine kassiber
durchs dunkel unterm rasen, unterm feld,
bis irgendwo erneut ein weißes wider-

standsnest emporschießt. hinter der garage,
beim knirschenden kies, der kirsche: giersch
als schäumen, als gischt, der ohne ein geräusch

geschieht, bis hoch zum giebel kriecht, bis giersch
schier überall sprießt, im ganzen garten giersch
sich über giersch schiebt, ihn verschlingt mit nichts als giersch.

um cavalo

"The well-aimed phrase is a whip
your poem a horse."
(Michael Donaghy, a partir de Lu Chi)

é um alazão, um tordilho ou um murzelo,
garanhão ou égua,
que trota no jardim e da alfazema,
do arbusto de ruibarbo se encarrega?

o que ali salta sobre as barras
triplas para aterrar no centro
do campo de batalha, atrelado à carro-
ça de barris e à pirâmide de feno

áurea? o sangue frio da bélgica
que traz em si, de brabante, um coração
peso-pesado e o V, o arado aéreo
dos gansos-bravos, o lipizzaner, um tição

de berço, que saracoteia pelos prados
afora branco, sempre mais branco,
até o triunfo, pondo o que é real em risco,
brilhante como o lenço de um monarca?

sabemos: pode mesmo com os olhos
fechados montar o arranjo de duzentos
e cinquenta ossos, sabe do coice,
ciência dura, da cauda em meneio,

das sombras que na noite chumbo-
castanhas roçam a cerca, arre e xó
ouve o relinche surdo nas tumbas
de saqueadores e nos túmulos de faraós.

ein pferd

*»The well-aimed phrase is a whip
your poem a horse.«*
(Michael Donaghy, nach Lu Chi)

ist es ein fuchs, ein schimmel oder rappe,
hengst oder stute,
was durch den garten trabt und am rhabarber
zugange ist, an der lavendelstaude?

was dort über die triplebarre
hinwegsetzt, nur um in der mitte
des schlachtfelds zu landen, vor den karren
mit fässern und die goldene pyramide

aus heu gespannt? das kaltblut,
das aus brabant ein kiloschweres herz
heranschleppt und das V, den leichten pflug
der wildgänse, oder der lipizzaner, der als schwärze

geboren wird, der über alle felder
hinwegzutänzeln weiß und immer weißer,
der zum triumph wird, alle welt ins schach stellt,
blendend wie das schnupftuch eines kaisers?

versteht sich: sämtliche zweihundert-
undzweiundfünfzig knochen kannst du noch im schlaf
zusammensetzen, weißt vom huftritt,
erkenntnishart, der präzision im schweif,

den schemen, die sich nachts graubraun
am zaun der weide reiben, hü und brr,
hörst das erstickte wiehern in den gräbern
der pharaonen und eroberer.

mas aqui está você, que pragueja, vermelho
como cocheiro de cerveja, o torrão
de genialidade no seu bolso e a besta,
que já não segue nem retorna,

nem mesmo reage à sua vara
sequer à cenoura que pende do barbante
frente às suas ventas, como a vela
frente ao ícone, “mexa-se”, titubeia

mas não se mexe, permanece, a olhar a terra.

und doch bist du jetzt hier, rot wie ein bier-
kutscher und fluchend, mit dem zuckerstück
genialität in deiner tasche und dem tier,
das weder vor geht noch zurück,

nicht reagiert auf deine gerte
und auch nicht auf die möhre, die am band
vor seinen nüstern baumelt wie die kerze
vor der ikone. rühr dich, sagst du bebend.

es rührt sich nicht. es steht da, sieht ins land.

os roazes

no exato instante em que o motor
afogou, o aviso metálico saiu latindo
das pétalas pretas do alto-falante
a bordo, se esqueceram das mães

seus filhos que, por sua vez, dos brados
se esqueceram, e até mesmo o brutamontes
com chapéu de praia, todos nós à balaustrada
em capas de chuva coloridas, como bombons

em uma caixa, pendíamos no fiorde,
entre o fundo do céu e o fundo dos mares,
um instante antes que, içada a fresca

bandeira do diesel, o barco afastou-se
outra vez e todas as línguas voltaram,
seguimos os nossos, e eles os seus, fluxos.

die tümmler

genau in dem moment, als man den motor
drosselte, die scheppernde, gebellte
meldung aufging in der schwarzen blüte
des bordlautsprechers, waren die mütter

vergessen, ihre kinder, die zu brüllen
vergessen hatten, und sogar der rohling
mit sommerhut, wir selbst vor dieser reling
in bunten regenjacken wie pralinen

in einer schachtel, hingen wir im fjord
zwischen dem grund des himmels und dem grund der meere,
bevor unter dem frisch geflaggten

diesel das schiff wieder an fahrt
gewann und all die sprachen wiederkehrten,
wir unseren, sie ihren schwärmen folgten.

o rabo-de-gato

por que tia mia quando no caso
meteu no nariz um rabo-de-gato,
a história cala. certo é: que fugia,
maior fosse o esforço em apanhá-lo,
sempre de volta às suas trevas, macio
e alvo, um arminho em sua casa.

o ponto no qual as coisas se afastam;
o instante no qual somos ignorados
ou meras testemunhas, comparsas,
até aquele tapete se arruinar,
o piano de calda cair do décimo andar,
a cidade inteira um inferno em chamas.

havia guerra ainda, mas o grilo trilava,
apesar de tudo, nos galhos do salgueiro
florido, as trutas seguiam no córrego
blindadas por luz, e nada. socorre,
pinça sequer agulha, até que aos gritos
a menina seja levada a uma clínica.

esta lua dupla berrante de luz e o halo
de enfermeiras ridentes sobre si –
por pouco se ria junto, não fosse
ali a leve pontada alojar-se
entre o seio frontal e o sabugo, nos ossos
do rosto, à espreita, tenaz, feito um bicho.

das weidenkätzchen

warum sich tante mia wann genau
ein weidenkätzchen in die nase steckte,
verschweigt die geschichte. sicher ist: es wich,
je mehr sie es zu fassen suchte, stetig
zurück in seine dunkelheiten, weich
und weiß, ein hermelin in seinem bau.

der punkt, an dem die dinge sich entfernen;
der augenblick, in dem wir ignoriert
und nur noch zeuge sind oder statist,
bis jener teppich ruiniert,
der flügel aus dem zehnten stock gestürzt ist,
die ganze stadt ein flammendes inferno.

noch war krieg, doch sang die grille
trotz allem in den blühenden zweigen der weide,
im bach stand die mit licht gepanzerte
forelle. und nichts, was half, keine pinzette
und keine stricknadel, bis man die schreiende kleine
in eine klinik brachte. dieser grelle

doppelmond der leuchte und der halo
von lachenden krankenschwestern über ihr –
fast möchte man mitlachen, wäre da nicht
der feine druck, der zwischen stirnhöhle
und nasenwurzel sitzt, hinterm gesicht,
der abwartet, beharrlich, wie ein tier.

três asnos, sicília

ali de pé mais parecem uma parábola
para lá de gangi, embatendo feito nuvem
de pedra contra os píncaros, sua própria
pintura num cercado, quietos e imóveis

por completo. a este ponto os serpenteios,
que escalaram conosco a cordilheira,
aqui e ali um deslizamento de terra,
a avalanche de ovelhas que escorrega

pela trilha, somem. sobra com asnos
a natureza-morta à mão seus rabos, franjas
de cortina, a dureza de seus cascos

dançarinos, as costas curvadas sob cargas
invisíveis e cada fuça, fofa e branca
como se saídas a pouco de um saco

*

de farinha, metido na farinha de fábulas.
acenamos, berramos, cutucamos – não reagiram
a nada que o seu ser-asno não calcula.
os atraímos, os bajulamos – não reagiram,

como se criassem raízes, crescessem na lama,
se associassem com todos os sentidos
a algo. ficaram à escuta de belém?
acaso se encontrava um nono ou décimo

do grupo a caminho de canaã?
enxotavam ainda moscas de cartago,
do egito? ah, mas frente à cerca não

drei esel, sizilien

wie sie dort standen, schienen sie ein gleichnis
zu sein: kurz hinter gangi, das als wolke
aus stein gegen den gipfel schlug, ihr eigenes
gemälde hinterm gatter, stumm und völlig

bewegungslos. bis hier die serpentinen,
die mit uns durchs gebirge kletterten,
ein erdrutsch ab und zu, die schneelawinen
der schafe, die über die fahrbahn glitten,

verschwanden; nun ein stilleben mit eseln,
zum greifen nah mit diesen vorhangquasten
von schwänzen, ihren zähen tänzerfesseln,

die rücken unter unsichtbaren lasten
gedrückt und jedes weiche, weiße maul
wie gerade eben erst in einen mehl-

*

sack, in das mehl der fabeln eingetaucht.
wir winkten, riefen, stichelten – sie standen,
auf nichts als auf ihr eselsein bedacht.
wir lockten sie, wir schmeichelten – sie standen,

als wurzelten, als wüchsen sie im lehm,
als nähmen sie mit allen sinnen anteil
an etwas. lauschten sie auf bethlehem?
befand sich noch ein zehntel oder neuntel

von ihnen auf dem weg nach kanaan,
verscheuchten sie noch fliegen aus kartha-
go, aus ägypten? war es also keinen

passou sequer um dia, só instantes, a contar da
marcha das hordas de guerreiros
árabes, normandos e suábios guelfos?

*

como pareciam olhar através de nós
e da carroça, enquanto uma brisa
agarrava a contrapelo, cada um dos seis olhos
fortes como um expresso…

logo à frente procissões, cães mortos,
palavras estrangeiras de bocas estrangeiras,
plantações, arrebatamentos, hortos
verdes com um firmamento de tangerinas –

e eles toda a vida inertes, um ferrolho
de gris, e nós mais bobos da corte que heróis
há muito esquecidos, recalcados, e no espelho

aquele V suave e persistente das orelhas
durante todo o serpenteio ainda à vista,
victory, vittoria, victoire, vitória.

tag her, nur augenblicke, seit vorm gatter
die kriegerischen haufen
von arabern, normannen, staufern

*

vorüberzogen? wie sie durch den wagen
und uns hindurchzustarren schienen, während eine brise
ins fell griff, jedes der sechs augen
stark wie ein espresso ...

voraus die prozessionen, tote hunde,
die fremden worte aus den fremden mündern,
plantagen, plötzlichkeiten, grüner grund
mit einem firmament von mandarinen –

und sie noch immer regungslos, ein riegel
aus grau, wir selbst mehr narren als heroen
und längst vergessen und verdrängt, während im spiegel

jenes beharrlich sanfte V der ohren
noch serpentinenlang zu sehen war,
ein victory, vittoria, victoire.

da manufatura de globos

um dia esqueci minha merenda dentro
de um hemisfério sul, ainda sozinho
e aberto. e agora um menino sonha, de dedo
no nariz, em busca das ilhas sandwich.

um mundo perfeito: a cores, com zonas
e um coração de quarenta watts no interi-
or; sem guerras, sem secessões,
apenas o aroma decente do tíner.

à noite, os caminhões da loja largam-nos
sozinhos no depósito, levando o universo
em caixas de papelão janela adentro ao quarto
de crianças, este clarão azul e convexo;

mas nos encontramos no outro dia de manhã
de novo sob o néon eterno, um como atlas,
o outro como eclipse solar, demiurgos
em jalecos, deuses de peitilho e calças.

no sono, surge-me o equador corrente-
mente como linha, possível de alcance
por florestas, países, continentes,
como limite claro: cada pássaro

é dois pássaros, um mais adiante
e outro às suas costas, tudo dividido
com esmero, o dia da noite,
o norte do sul, o verão encara o inverno.

cada nuvem é duas nuvens, uma bola
de neve aterrissa como poça, a serra estanca,
torna-se plana, a pequena lagoa
perde o seu nome. à esquerda levanta

o fumo do padeiro, à direita afia a faca
um açougueiro – e os amantes acenam
uma vez mais, assim que ele sai de sua casa
e as venezianas dela se cerram.

aus der globusmanufaktur

einmal verlegte ich mein pausenbrot
in einer südhalbkugel, die noch einzeln
und offen war. nun träumt ein junge, bohrt
sich in der nase, sucht die sandwich-inseln.

eine perfekte welt: mit farben, zonen
und einem herz aus vierzig watt im mittel-
punkt; keine kriege, keine sezessionen,
nur der dezente duft von lösungsmittel.

am abend lassen uns die laster
allein in der halle, tragen in leichten
kartons ihr universum in die fenster
der kinder, jenes runde, blaue leuchten;

wir aber treffen uns am nächsten morgen
im ewigen neon wieder, einer als atlas,
der andere als sonnenfinsternis, demiurgen
im kittel, gottheiten mit latz.

im schlaf erscheint mir der äquator regel-
mäßig als linie, der man folgen könnte
durch wälder, länder, kontinente,
als eine klare grenze: jeder vogel

ist zwei vögel, einer vor
und einer hinter ihm, alles ist immer
exakt getrennt, der tag von nacht, der nor-
den von dem süden. winter starrt auf sommer.

jede wolke ist zwei wolken, ein schnee-
ball landet als pfütze. das gebirge stockt,
wird ebene, der kleine see
verliert den namen. linker hand steigt

der rauch vom bäcker auf, rechts wetzt
ein schlachter die messer – und die liebenden winken
sich einmal noch zu, als er sein haus verläßt
und sich bei ihr die jalousien senken.

coalas

tanto sono em uma única árvore
tantas bolas de pelo
em cada forquilha, um ar vadio
de preguiça, que em cada copa pende e pende

e pende com um par de ganchos
como garras, alpinistas pioneiros
sem medalhas sobre os terraços flauteantes
da selva tropical, estóicos sem penteio,

budas piolhentos, mais tenazes que o veneno
que circula na folhagem, com orelhas de algo-
dão, resistentes a qualquer dengo
em um cantinho de mundo: sem water-

loo algum, sem caminho a canossa.
observe, grave-os, antes cedo
do que tarde demais – essa dócil fuça
de mofino, a careta de um velo-

cista na linha de chegada, descolado do solo,
mas a uma palma de alcance de seu desfalecido
gris –, antes que um deles boceje, se alongue,
caia de novo num sonho de eucaliptos.

koalas

so viel schlaf in nur einem baum,
so viele kugeln aus fell
in all den astgabeln, eine boheme
der trägheit, die sich in den wipfeln hält und hält

und hält mit ein paar klettereisen
als krallen, nie gerühmte erstbesteiger
über den flötenden terrassen
von regenwald, zerzauste stoiker,

verlauste buddhas, zäher als das gift,
das in den blättern wächst, mit ihren watte-
ohren gegen lockungen gefeit
in einem winkelchen von welt: kein water-

loo für sie, kein gang nach canossa.
betrachte, präge sie dir ein, bevor es
zu spät ist – dieses sanfte knauser-
gesicht, die miene eines radrennfahrers

kurz vorm etappensieg, dem grund entrückt,
und doch zum greifen nah ihr abgelebtes
grau –, bevor ein jeder wieder gähnt, sich streckt,
versinkt in einem traum aus eukalyptus.

krynica morska

vodca de cinco países em sete panças
pálidas balançam, gorgolejam, adrzej. nós
emborcamos e erguemos as garrafas: eis
            a fanfarra de vodca.

noite, um balão de ar içado em suas cordas
de chuva; uma trovoada de agosto
se arrastou do norte pelo mar, se arrastou
            até krynica morska.

até a praia, rimantas, até a trouxa de roupas,
despida de bichos pacíficos: cada
relâmpago nos arrancou as trevas do corpo,
            de pé, nus, como um tronco

ali há pouco descobertos. e corremos, ilya,
atrás de nós ondas rebentaram e boiaram
entre preto e mais preto, halina, mikhel,
            contrabandearam tudo

com alto teor arrebentação adentro, e às
nossas costas, sob as grinaldas, a
pancadaria no bar poseidon
            começou sem a gente.

krynica morska

wodka aus fünf ländern, in sieben bleichen
bäuchen schwankend, glucksend, andrzej. wir setzten
rundum an und hoben die flaschen: eine
wodkafanfare.

nacht, die wie ein fesselballon an ihren
regenseilen riß; ein augustgewitter
zog von norden über die see, zog bis nach
krynica morska,

bis zum strand, rimantas, den kleiderbündeln,
abgelegt zu friedlichen tieren: jeder
blitz riß uns das dunkel vom leib, wir standen
nackt wie ein stamm da,

eben erst entdeckt. und wir rannten, ilya,
schlugen wellen hinter uns zu und trieben
zwischen schwarz und schwärzer, halina, mikhel,
schmuggelten all das

hochprozentige durch die brandung, während
uns im rücken, unter dem kettenlicht, die
massenschlägerei in der bar poseidon
ohne uns anfing.

anna

sabíamos tudo sobre seu corte,
mas nada de amigos ou de amores,
nada das cartas sob as suas mãos,
com perfume de lírios e a letra suave
que a encobria, até ela com um passe
alisar o envelope, lamber a testa do primeiro-

ministro e a colar no canto. primeiro
interessava-nos apenas: o seu corte,
a boca de cratera, o delgado passo
de lava até a fossa nasal; imaginar rumores
da forma humana que à noite suave-
mente desfaz-se e encolhe, as mãos

crescendo em duas patas, lançando mão
de saltos ágeis pelo portão principal
descendo aos pulos, as ilhargas suaves
tremendo de frio, e por raízes descorti-
nando a terra, para depois moê-las
com seus dentes de lebre, e nisso a lua passa-

va como foice afiada ou traçava uma paisa-
gem mongólica sobre as casas. nas mãos
buscávamos a terra, os restos de grama, maiores
nódoas; somente queríamos saber primeiro
do provável, mas nada – apenas o corte
não queria, por nada, dos lábios suavi-

zar-se. anna no pátio encharca um aven-
tal, que logo pendia como uma mariposa
na linha azul do varal; anna lendo um recorte
de jornal, revista de banca nas mãos
ou em vestido vermelho, de tranças, primeiro
de touca, e como outras vezes sem demora

anna

wir wußten alles über ihre scharte,
doch nichts von freunden oder von gemahlen,
nichts von den briefen unter ihren händen,
nach lilien duftend und mit einer weichen
schrift bedeckt, bis sie den umschlag glattstrich,
ein angelecktes präsidentenhaupt

in eine ecke klebte. wie uns überhaupt
nur eines interessierte: ihre scharte,
der kratermund, der dünne lavastrich
hinauf zum nasenloch; uns auszumalen
wie nachts die menschliche gestalt zu weichen
begann und wie sie schrumpfte, aus den händen

zwei pfoten wuchsen und sie mit behenden
sprüngen den weg hinunter, durch das haupt-
tor hoppelte, die fellbedeckten weichen
vor kälte zitternd, und nach wurzeln scharrte,
um sie mit hasenzähnen zu zermahlen,
während der mond als sichelscharfer strich

erschien oder mongolisch um die häuser strich.
wir suchten nach der erde an den händen,
nach gräserflecken, irgendwelchen malen;
wir wollten wissen, was sich nur behaupt-
en ließ, doch nichts – nur jene scharte
wollte partout nicht von der lippe weichen.

anna im hof, ein laken einzuweichen,
das dann als falter von dem blauen strich
der wäscheleine hing; anna, scharte-
ken lesend, groschenhefte in den händen
oder im roten kleid, bezopft, behaubt
und wie zuvor schon zu so vielen malen

pinta os seus lábios antes que por ora,
levando sua mala se vá e
por agulhas e trilhos rumo à estação principal
desapareça. que moroso o tempo passa –
até segunda ela voltar para casa, como se mãos
a trouxessem, cantarolando fanha pelo corte,

e nós todos moendo o café à sua volta em corte,
enquanto, primeiro pelos cabelos e então pelos pães
ela passa as brancas, suaves e amanteigadas mãos.

dabei, sich ihre lippen anzumalen,
bevor sie mit dem koffer über weichen
und schienenstränge richtung haupt-
bahnhof verschwand. wie zäh die zeit verstrich –
bis sie am montag heimkam, wie von händen
getragen, näselnd sang durch ihre scharte,

und uns beim kaffeemahlen um sich scharte,
erst übers haupt und dann die brote strich
mit ihren weichen, weißen butterhänden.

abrunhos

o que era azul como tardes de outono
ou preto como a bíblia? pendia na alfombra
de névoa, em garoa de outubro, tão acre, outonal,
que tudo se contraía? os abrunhos.

pela margem do bosque após a primeira geada,
seguimos no seu encalço: arbusto a arbusto, bárbaros,
amuralhados atrás de espinhos – e, gelado
o solo, sobre o qual ajoelhados, buscávamos

tocar as bagas, sua pele suave e damas-
-co, para apanhá-los com cautela, averiguar
como o toque do incrédulo tomé
na chaga. tempo o bastante para divagar,

pensar em outra coisa – em osmose,
no próximo exame escolar, em meias de nylon,
nos peitos de nina wrigger e no cosmos,
que em algum instante do futuro próximo
alcançaria suas bordas, o ponto de
de expansão máxima, e começaria logo

a encolher, o céu, países, a cidade, o subúrbio
e a escola, nós próprios, até que todo o mundo
não pendesse de nada além de um ramo: abrunhos.
o peso dos baldes não espanta, montes

do azul mais profundo. atrás de nós arbustos –
um texto quase que isento de vogais,
uma mata, um par de desgrenhados arabescos.
o restante deixamos então às aves.

schlehen

was war so blau wie abende im herbst
oder schwarz wie die bibel? hing durch nebelschleier,
oktoberschauer, war so herbe, herbst,
daß alles sich zusammenzog? die schlehe.

wir zogen ihnen nach dem ersten frost
am waldrand entgegen: busch um busch barbaren,
verschanzt hinter den dornen – und vereist
der boden, wo wir knieten, nach den beeren

zu tasten, ihrer zarten und damas-
tenen haut, um vorsichtig hineinzugreifen,
zu suchen wie der ungläubige thomas
im wundmal. zeit genug, um abzuschweifen,

an anderes zu denken – an osmose,
die nächste klassenarbeit, nylonstrümpfe,
an nina wriggers' brüste und den kosmos,
der irgendwann in naher zukunft seine
        grenze, jenen punkt der größtmöglichen
        ausdehnung erreichen und zu schrumpfen

beginnen würde, himmel, länder, schule
und stadt, wir selber, bis die ganze welt
von nichts als einem zweiglein hinge: schlehe.
kein wunder, wie schwer die eimer waren, gefüllt

mit tiefster bläue. hinter uns die sträucher –
ein text, fast ganz befreit von den vokalen,
ein dickicht, ein paar wirre federstriche.
die reste überließen wir den vögeln.

ensaio sobre mosquitos

como se todas as letras tivessem
de repente se descolado do jornal
e pairassem no ar como enxame;

e se pairam no ar como enxame,
de todas as piores notícias nenhuma
trazem, musas mesquinhas, pégasos

mirrados, assomam-se apenas no ouvido;
compostas do último filamento
de fumaça, quando a vela se apaga,

tão leves, que já não se diz: elas são,
surgem quase como penumbras,
projetadas de um outro mundo

no nosso; dançam,
os membros mais finos que traçados
a lápis; minúsculos corpos de esfinge;

a pedra de rosetta, sem a pedra.

versuch über mücken

als hätten sich alle buchstaben
auf einmal aus der zeitung gelöst
und stünden als schwarm in der luft;

stehen als schwarm in der luft,
bringen von all den schlechten nachrichten
keine, dürftige musen, dürre

pegasusse, summen sich selbst nur ins ohr;
geschaffen aus dem letzten faden
von rauch, wenn die kerze erlischt,

so leicht, daß sich kaum sagen läßt: sie sind,
erscheinen sie fast als schatten,
die man aus einer anderen welt

in die unsere wirft; sie tanzen,
dünner als mit bleistift gezeichnet
die glieder; winzige sphinxenleiber;

der stein von rosetta, ohne den stein.

II

lençóis

o avô foi embalsamado
nos dele e levado para fora,
um ano depois o encontrei,
ao trocarmos a roupa de cama,
vespa enxovalhada, minúsculo
faraó de um verão remoto.

assim dobravam-se lençóis: os braços
abertos, até passarmos a espelhar-
nos por cima da superfície tesa;
daí o foxtrot dos enxovais até que passo
a passo um retângulo desapareça
em outro menor e os narizes quase

se toquem. tudo podia estar coberto
em seus interiores níveos: um frasco
vazio com perfume de assombro: um par
de flores de lavanda ou flores do campo,
um centavo e ora ou outra um lance
de naftalina em seu ninho.

mas agora repousavam surdos
e brancos em seus armários, toda
uma pilha deles, de molho em perfume,
finados, passados, refeitos,
dobrados com afinco como paraquedas
antes de um salto de alturas imprevistas.

laken

großvater wurde einbalsamiert
in seines und hinausgetragen,
und ich entdeckte ihn ein jahr später,
als wir die betten frisch bezogen,
zur wespe verschrumpelt, winziger
pharao eines längst vergangenen sommers.

so faltete man laken: die arme
weit ausgebreitet, daß man sich zu spiegeln
begann über die straffgespannte fläche
hinweg; der wäschefoxtrott dann, bis schritt
um schritt ein rechteck im nächstkleineren
verschwand, bis sich die nasen fast berührten.

alles konnte verborgen sein
in ihrem schneeigen innern: ein leerer
flakon mit einem spuk parfum, ein paar
lavendelblüten oder wiesenblumen,
ein groschen oder ab und zu ein wurf
von mottenkugeln in seinem nest.

fürs erste aber ruhten sie, stumm
und weiß in ihren schränken, ganze
stapel von ihnen, eingelegt in duft,
gemangelt, gebügelt, gestärkt,
und sorgfältig gepackt wie fallschirme
vor einem sprung aus ungeahnten höhen.

salgadeira

a Volker Braun

coberta de pó como todo peregrino,
búlgara, regressa da espanha, à beira
do moldava, migrante ao longo do reno,

do extremo-oriente: repousa à margem
de campos e de estradas, amena, apenas meneia
a cabeça, indistinguível, quando passamos ágeis,

dissimulada, acena com as suas folhas tesas;
como em telas de verniz se inteira
na paisagem, humilde, floresce em borboletas,

solidária entre entulhos,
não entre assoladores, ama o derradeiro,
o quebradiço, seu estado

está em toda parte; de poças nas quais a miúda
pinça da aranha d'água agarra as nuvens, da eira
coberta de lodo e inços; lá para lá da grua

enferrujada um grito foge, do ferro-velho, da lixeira
do aterro, através do fremir de um verão moroso,
de eira à beira insiste, desordeira, a salgadeira.

melde

für Volker Braun

von staub bedeckt, wie alle pilger,
am rhein entlanggewandert, an der moldau,
eben zurückgekehrt aus spanien, aus bulgar-

ien, fernost: so rastet sie am rand
von äckern und von straßen, nickt nur milde,
wenn wir vorüberrasen, unerkannt,

unkenntlich, winkt uns nach mit ihren zähen blättern;
geht in der landschaft auf wie im gemälde
der firnis, blüht bescheiden, blüht in schmetter-

lingen, solidarisch mit dem schutt,
nicht dem erschütterer, liebt das malade,
das brüchige: ihr staat

ist überall; von pfützen, wo die winzigen klammern
der wasserläufer die wolken halten, der mulde
voll schlamm und unkraut; von jenseits des rostigen hammer-

krans ruft es, von brache, schrottplatz, mülldе-
ponie, durchs flirren eines ganzen, langen sommers,
meldet beharrlich, ungehorsamst, die melde.

lázaro

apenas quatro dias, e logo retornou,
de início cego como um tubérculo, lama
na barba e nos cabelos, saiu do ataúde
rastejando, de uma mãe de lenha

e ele fedia mesmo contra a brisa.
assim que se sentou, parecia que auscultava
se o coração batia; atrás das saias se abriga
-vam as crianças, quando apontava na curva,

como se não confiasse no chão
que pisa, sequer no próprio passo que sonda.
vimos sua mulher com os olhos cheios
de lágrimas. a três agora sonham.

quatro semanas, a não pensar mais
no sabor de terra na carne, no ocre
na água ou no vinho; quatro meses,
e tudo mais pálido, tudo milagro

-so e já quase esquecido –
ele de pé ali de repente atrás na fila
do pão, ouvia-se nos becos escuros de
novo esta voz de pluma que esfola,

como se algo nele estivesse dilace
-rado, se com "boa tarde" o abordarão
ou talvez "faz bom tempo, lázaro",
estende-lhe a mão, prende-se a respiração.

lazarus

vier tage nur, dann kehrte er zurück,
erst blind wie eine kartoffel, etwas moder
um bart und haare, kroch aus seinem sarg,
einer hölzernen mutter,

und war noch gegen den wind zu riechen.
er schien zu lauschen, ob sein herz noch schlug,
sobald er saß; versteckt hinter den röcken
die kinder, wenn er um die ecke bog,

als würde er weder dem boden trauen
noch seinem eigenen, tastenden schritt.
wir sahen seine frau mit roten augen.
die beiden schliefen jetzt zu dritt.

vier wochen, bis man nicht länger meinte,
im schinken die erde zu schmecken, den lehm
in wasser oder wein; vier monate,
und alles blasser, alles wundersam

und fast schon vergessen –
da steht er plötzlich hinten in der schlange
um brot an, hört man im dunkel der gassen
erneut diese schnarrende feder von stimme,

als ob etwas in ihm zerris-
sen ist, spricht ihn mit »guten abend« an
vielleicht, mit »schönes wetter, lazarus«,
und streckt die hand aus, hält den atem an.

duas cidades

duas cidades, desde sempre inimigas, cada uma em seu píncaro. o motivo
– esquecido; no entanto, algures entre os muros palpita
uma semente, querendo deitar raízes.

o corpo maciço das vacas lá em cima tão longe, minúsculos pontos
de branco; o vento a roer as igrejas de pedra tosca, as vacas
lá em cima tão longe

são delicadas e frágeis como ampulhetas, escorrem, escoam para dentro
de suas sombras, para o preto, que cresce e cresce, e por fim
alcança o píncaro.

duas cidades, cada uma por si, brilhantes e frias, como lagoas de
montanhas. à noite o sono com o depenar de grama, rente ao bufar
ao chão.

zwei städte

zwei städte, seit jeher verfeindet, jede auf ihrem gipfel. der anlaß – vergessen; doch irgendwo zwischen den mauern zuckt ein samenkorn, will wurzeln schlagen.

die massigen körper der kühe von so weit oben, winzige punkte aus weiß; der wind, der an den feldsteinkirchen kaut. die kühe von so weit oben

sind zart und zerbrechlich wie sanduhren, rieseln, fließen aus in ihre schatten, ins schwarz, das wächst und wächst, endlich die gipfel erfaßt.

zwei städte, jede für sich, funkelnd und kalt wie gebirgsseen. nachts der schlaf mit dem rupfen von gras, dem schnauben dicht am grund.

cavador

quando a granada é lançada da valeta,
é a toupeira, que rola à luz do sol
a pino; o próprio cavador
que o bisavô quis sempre apanhar só
que nunca apanhou, consternado
frente escaras e crateras, todo o solo

frescamente revolvido àquela época;
o bisavô que vestiu de forma estranha
sua esposa para uma única foto opaca,
para um porão, que após tamanho
fuçar expôs no armário a mariposa
enorme, o vulto preto, envolto em manta

fina de quitina, numa pele de plástico,
que protege as pesadas asas, no cabide
murchas; o casaco de toupeira que aqui
e agora ainda cheira, enquanto a perdida
bala de veludo e pânico busca salvar-se
do outro lado, num escuro conhecido.

gräber

als die granate aus dem straßengraben
gekullert wird, ist es der maulwurf, rollt
durchs grelle mittagslicht; der gräber eben,
den urgroßvater immer fangen wollte,
nie fing, erschuttert angesichts der narben
und krater, all der frisch heraufgeholten

erde jener jahre; urgroßvater,
der seine frau in etwas ausgefallen-
es kleidete für nur ein einziges, verwischtes foto,
für einen keller, wo es uns beim wühlen
im schrank erschien, ein großer nachtfalter,
eine gestalt aus schwarz, von dünnen hüllen

chitin umwickelt, einer plastikhaut, die
die schweren schwingen schützte, schlaff am bügel;
der maulwurfsmantel, den ich hier und heute
noch rieche, während die verirrte kugel
aus samt und panik sich zur andern seite
zu retten sucht, in ein vertrautes dunkel.

do inverno no norte da suécia

para Simon Armitage

e em algum momento decidiu ficar apenas
    parado, parou assim
enquanto o motor congelava, enviou alguns
    de seus últimos sinais.

no vidro viu a partitura dos flocos,
    a queda de neve cerrada,
viu como o campo encolheu-se em suas peles
    farejou junto ao carro –

primeiro pneus, aros, então portas, travas e
    logo retrovisores.
um alce passa alçando a galhada e atrás
    de um monte some.

enquanto sentado, ele fitava o branco
    e o seu pensar
ramificava-se, tornava-se mais leviano
    álgido e hexágono.

como as coisas se descolaram dos nomes,
    caminhos e bétulas,
e ele pela primeira vez abrigado por completo,
    com sorriso de buda

quando o teto se fechou de vez: a paz,
    uma luz genciana,
crepúsculos breves, dias, noites nada
    mais além de nuanças;

aus dem nordschwedischen winter

für Simon Armitage

und irgendwann entschied er, einfach stehen-
          zubleiben, stand,
während der motor einfror, ein paar letzte
          signale sandte.

er sah am glas die partitur der flocken,
          den dichten schneefall,
sah, wie das land in seinem fell herankroch,
          am wagen schnüffel-

te – reifen, felgen erst, dann türen, griffe
          und seitenspiegel.
ein elch trug sein geweih vorbei, verschwand
          in einem hügel.

während er saß, das weiß betrachtete,
          verzweigte sich
sein denken, wurde leichter, wurde kalt
          und sechseckig.

wie sich die dinge von den namen lösten,
          wege und birken,
und er mit buddhalächeln erstmals ganz
          und gar geborgen,

als sich die decke endlich schloß: die stille,
          ein enzian-
licht, kurze dämmerungen, tage, nächte
          nichts als nuancen;

o pulso, que ficou pesado, restos de nêspera,
saco de dormir, cobertas,
vez ou outra, a mão saindo janela afora para
colher algo de neve.

e à frente junto ao volante ainda sobra
a chave espetada
na partida, alheia e rutilante, como a joia
de um asteca.

e quando enfim o encontraram, o inverno
já havia quase passado,
seu carro elíptico, encrustado de gelo
um ovo colossal,

aberto apenas com esforço. o que saiu pra fora,
empastado e franzino,
não era deste mundo, e tampouco
bem voar sabia.

der puls, der träge wurde, apfelreste,
          ein schlafsack, decken,
sein griff durchs fenster ab und zu, um etwas
          vom schnee zu pflücken,

und vorn am fahrersitz der immer noch
          im zündschloß stecken
de schlüssel, fremd und schimmernd wie der schmuck
          eines azteken.

als sie ihn endlich fanden, war der winter
          schon fast vorbei,
sein wagen ein oval, umschalt von harsch,
          ein riesenei,

nur mühsam aufzuschlagen. was herauskam,
          verklebt und schmächtig,
war nicht von dieser welt, doch auch des fliegens
          noch nicht ganz mächtig.

as bibliotecas

ocorreu-me alexandria, o escuro enxame
de mariposas sobre ela, a fumaça,
a luz do fogo, que mesmo distante
teria bastado à leitura, e na barriga e na cabeça
muito além da meia-noite o calor silente
de milhares de rolos em chamas; também

paris, nova iorque, uma única estante
de murmurantes, de idolatrados,
réprobos; a sala de leitura esférica
da british library, todas as histórias
reunidas ali dentro, a do almirante,
sua última carta a lady hamilton,

ainda tremendo; no fundo do vaticano,
fólios nunca estudados, pois uma som-
bra basta para esfarelá-los, e o tique-taque
do pó; mas sobretudo penso na biblioteca muni-
cipal, no sujeito que já no primeiro dia
me saltou à vista, sempre ali, folha a folha, à surdina,

devorando os livros, roendo-os, em duelo
com alguns espíritos quaisquer, até ser banido,
ainda o vejo como se fosse ontem, matteo,
que nunca falava, pois talvez não pudesse
salvo um grunhir, alguns poucos gestos,
ou talvez não quisesse. ou porque há muito ardera.

die bibliotheken

alexandria fällt mir ein, die dunklen schwärme
von faltern über ihr, der rauch,
der feuerschein, der noch in weiter ferne
zum lesen hätte reichen können, und an stirn und bauch
lange nach mitternacht die stumme wärme
von tausenden verbrannter rollen; auch

paris, new york, ein einziges regal
von murmelnden, von angehimmelten,
verworfenen; der runde lesesaal
der british library, all die versammelten
geschichten darin, vom toten admiral
ein letzter brief an lady hamilton,

noch immer zitternd; tief im vatikan
folianten, nie studiert, weil schon ein schat-
ten sie zerfallen ließe, und das ticken
des staubs; doch denke ich vor allem an die stadt-
bibliothek, an jenen, der vom ersten tag an
mir auffiel, immer da war, heimlich blatt um blatt

die bücher aufaß, fraß, mit irgendwelchen geistern
zu ringen hatte, bis man ihn verbannte,
matteo, den ich sehen kann, als ob es gestern
gewesen wäre, der nie sprach, weil er nicht konnte
vielleicht, bis auf ein grunzen, ein paar gesten,
oder weil er nicht wollte. oder weil er längst brannte.

morchella

em algumas tardes retorna a catinga
num jardim, na esquina de uma
estação de trem qualquer – um tanque
de gás vazando, um cadáver no fundo

do porão duma sebe –, como em setembro
outrora, quando o chapéu branco pairava
no bosque entre as moitas, as moças riam baixi
-nho e o nosso rosto ardendo, há pouco

ainda crianças, agora já menos que crianças,
rindo, aos guinchos, corren-
do para casa, pro futuro, partos, núpcias,

ao desconhecido, quando o vulto se acua ao seu clima,
velho homem pobre e imundo
com vento na cabeça, e um paletó de folhas maltrapilho.

morchel

an manchen abenden kehrt der gestank
zurück, in einem garten, an der ecke
vor irgendeinem bahnhof – ein lecker gastank,
ein totes, tief im keller einer hecke –,

wie damals im september, als der weiße
hut im wald zwischen den büschen schwebte,
die mädchen kicherten und wir mit heißen
gesichtern, gerade eben

noch kinder, nun schon weniger als kinder,
lachend oder kreischend heimwärts rann-
ten, einer zukunft zu, geburten, ehen, in das unbekannte,

als die gestalt zurückwich in ihr wetter,
armer, dreckiger alter mann
mit wind im kopf, einem schäbigen mantel aus blättern.

ensaio sobre guardanapos

como frígida garça de origami
ou com o orgulho de navios de quatro
mastros cruzando as mesas,

sempre ao norte, ao norte...
bastante cedo cai das claraboias
uma luz derradeira, arde

como nódoa de molho na sua alvura,
amarrotados restam na bordas dos pratos
com nada além da borboleta rubra

de batom no centro; bastante cedo
com seus congêneres flutuam
pelo purgatório de grandes lavanderias,

não sabendo pra quê pela manhã
ressuscitam sob as mãos ligeiras
das copeiras: será uma dança

de antemão para o cerco,
a beleza de uma capitulação?
o truque tardio de um bêbado,

uma chave que some? ou o chato
zumbir, daquela estampa, errata
de moscas na toalha, seu miúdo e besuntado F?

versuch über servietten

als kühler origamikranich,
oder mit dem stolz von viermastern
über die tische kreuzend,

immer nach norden, nach norden ...
früh genug fällt ein letztes licht
durch hohe fenster, brennt sich

als soßenfleck in ihr weiß,
liegen sie zerknüllt am tellerrand,
mit nichts als dem roten falter

aus lippenstift im innern; früh genug
schweben sie mit ihresgleichen
durchs fegefeuer der großwäscherei,

nicht wissend, wozu sie am morgen
auferstehen unter den flinken
händen der kellnerinnen: wird es

ein tänzchen, den belagerten voraus,
die schönheit einer kapitulation?
der späte trick eines betrunkenen,

ein schlüssel, der verschwindet? oder
das lästige summen, jener druckfehler
von fliege im tischtuch, ihr kleines, verschmiertes F?

amoras

tão escuro e doce suco, que córrego
acima sobrevoam os morcegos
rentes à folhagem, como céleres tesouras
pretas, para podar as frutas, devorá-
las no seu voo. o sol atrás de jaffa trôpego,
e tudo, o que se cogitar queria cogitou-
se mais estreito, menor que o porta-
luvas... diz: amoras, e outra vez amoras,
                                        tão escuro e doce
basta a palavra na boca– e logo
acordam, buscam proliferar com o eco
de sombras de um milhão de asas,
pendem de dia em seu sono, em cachos
gordos e pesados sob o teu teto,
                                        tão escuro e doce.

maulbeeren

so dunkel und süß der saft, daß überm bach
die fledermäuse stiegen, immer flach
am blattwerk, um als flinke, schwarze scheren
die früchte abzuknapsen, zu verzehren
im flug. die sonne hinter jatta schwach,
und alles, was man denken wollte, dach-
te, enger, kleiner als ein handschuhfach ...
sag: maulbeeren, und wieder: maulbeeren,
                                        so dunkel und süß
allein das wort im mund – schon sind sie wach
und wollen mit dem schattenhaften krach
von tausenden von flügeln sich vermehren,
hängen bei tag in ihrem schlaf, in schweren
und dicken trauben unter deinem dach,
                                        so dunkel und süß.

as aves, waratha street

para Maritta

I

nós deixamos as malas
e viramos um viveiro.
tormentas de inverno, um quarto,
que gaivotas fixaram mais alto
ainda, e na frente do parque
as palmeiras acenavam, acenavam
ao vento como pescoços de cavalo.
uma marina alertava "tubarões"
e na baía a balsa encontrou
a sua sombra, a baleia.

II

dias, iluminados por nada
além de aves: as duas loris,
que no primeiro dia malgastaram
as cores de um mês inteiro;
a ave açougueira com avental
de plumas sem defeito,
com o flautear de gargalos;
devora-mel de máscara azul,
oculta em uma copa,
o saco de risadas kookaburra
e aquele anônimo,
com tom enferrujado
de velhos guinchos de poço
que nos retêm despertos, clamava, clamava
até que ao fim uma manhã clara
e rutilante foi içada aqui para cima.

die vögel, waratah street

für Maritta

I

wir stellten die koffer ab
und wurden eine voliere.
winterstürme, ein zimmer,
das möwen noch höher schraubten,
und gegenüber im park
die palmen nickten, nickten
wie pferdehälse im wind.
ein yachthafen warnte vor haien
und in der bucht traf die fähre
auf ihren schatten, den wal.

II

tage, von nichts erleuchtet
als vögeln: die beiden loris,
die schon am ersten die farben
des ganzen monats verpraßten;
der metzgervogel mit schürze
aus makellosem gefieder,
mit seinem flaschenhalsflöten;
blau maskierte honigfresser,
versteckt in einem wipfel
der lachsack des kookaburra
und jener namenlose,
der mit dem rostigen ton
von alten brunnenwinden
uns wach hielt, klagte, klagte,
bis endlich ein morgen klar
und schimmernd heraufgeholt war.

III

quando nos viramos, vimos
a cacatua, que seguia o nosso
rastro a grãos de milho,
com toda a sua alvura à cornija,
os atentos olhos de zimbro,
um capot de penas amarelo,
armado como um trapaceiro
arma sua mão de carta, o dançarino
o seu leque; cabeça de anêmonas
marinhas e o alicate de bico
preto – antes de despencar
e deslizar sobre as árvores,
derreter chiando nos telhados –,
que nos beliscou os dedos
como se quisesse, tivesse ele
que provar se de fato existíamos,
e de fato nós existíamos.

III

als wir uns umdrehten, war es
der kakadu, der unserer spur
aus maiskörnern gefolgt war,
mit all seinem weiß am sims,
den klugen wacholderbeeraugen
und einer gelben haube
aus federn, die er aufschlug
wie trickspieler ihr blatt,
die tänzerin ihren fächer;
seeanemonenhaupt
und schwarze schnabelzange –
bevor er sich fallen ließ
und über die bäume glitt,
kreischend in die dächer schmolz –,
die uns in die finger zwackte,
als wollte, müßte er prüfen,
ob es uns wirklich gab.
und wirklich gab es uns.

no poço

seis, sete metros de queda livre
e eu estava muito distante
como nunca antes, um cosmo-
nauta em sua cápsula de pedra
tosca, observava ao longe
o azul precioso, redondo.

eu era a criança
no poço. somente o musgo
escalava no trançado
de si mesmo para cima,
a hera crescia sobre ombros
de hera para fora, fugia.

de vez em quando o relâmpago
branco dum pássaro, de vez
em quando o branco pássaro-
relâmpago. eu comia tudo
o que era lento. a lua que passava à abertura,
um olho de cientista ao microscópio.

justo quando aprendi a entender as palavras
isópode e pedra como isópode e pedra,
um barulho despencou, um bulício, gritos
e à minha frente começou uma corda.

regressei ao badalo dos sinos,
de volta ao cheiro de pão e horários
de ônibus, a sombras das árvores,
conversas sobre o clima, retornei
aos batismos e tragédias,
às manchetes, das quais
eu mesmo era uma.

im brunnen

sechs, sieben meter freier fall
und ich war weiter weg
als je zuvor, ein kosmonaut
in seiner kapsel aus feldstein,
betrachtete aus der ferne
das kostbare, runde blau.

ich war das kind
im brunnen. nur die moose
kletterten am geflochtenen
strick ihrer selbst nach oben,
efeu stieg über efeuschultern
ins freie, entkam.

ab und zu der weiße blitz
eines vogels, ab und zu
der weiße vogel blitz. ich aß,
was langsamer war. der mond,
der sich über die öffnung schob,
ein forscherauge überm mikroskop.

gerade, als ich die wörter assel und stein
als assel und stein zu begreifen lernte,
drang lärm herab, ein hasten, schreie,
und vor mir begann ein seil.

ich kehrte zurück ins läuten der glocken,
zurück zu brotgeruch und busfahrplänen,
dem schatten unter bäumen,
gesprächen übers wetter, kehrte
zurück zu taufen und tragödien,
den schlagzeilen, von denen
ich eine war.

III

prego

mal na parede e já era o centro,
lançava seu raio para fora
dos quintais, campos, celeiro
de nabos, das granjas, da horta

de rabanetes, ficava mais amplo, mondial:
pendurávamos os chapéus. agasalhos
de lã, capa e guarda-chuvas, molduras,
até que o esquecíamos, daquele olhar

duro ainda ali, quando já tínhamos
nos mudado e cidade e casa e rua
já haviam desaparecido – lá em cima tão firme,

tão brilhante sobre leste e oeste,
que serviria para navegarmos no escuro
e a velhos marinheiros de consolo.

nagel

kaum in der wand, war er die mitte,
schnellte sein radius
über die gärten, felder, rübenmiete
hinaus, die hühnerställe, das radies-

chenbeet, wurde umfassender, mondial:
wir hängten die hüte auf. wir hängten strick-
jacken und rahmen, hängten regenmäntel
und schirme auf, bis wir ihn fast vergaßen, dessen harter blick

noch da sein wird, wenn wir längst ausgezogen
und stadt und haus und straße
verschwunden sind – so unbeirrt weit oben,

so glänzend über west und ost,
daß sich im dunkeln navigieren ließe
nach ihm, und alten seefahrern ein trost.

a canaletto

> *"... che l'occhio s'inganna, e crede realmente di vedere la vera, non la dipinta..."*
> (Pietro Guarienti)

sobretudo céu e sobretudo água,
cidade toda duplicada na laguna,
enquanto no molhe trovejam alguns
barris, as ondas nas muralhas lambem;
um grão-vizir ou marajá
talvez, primoroso como uma iguana
na baía do porto, ao qual
repousa a caravela inerte no azul

drapeado; mastros, massames como escrita
estranha, que nada mais do que distância
quer significar, e ainda a esgoelada gritaria
das gaivotas, mercadores de mântua
e verona. lá a caleche que por gaiteiros
espera sob arcadas na sombra,
lá o leão de são marco, manso
de tanto bronze; cada marquise

listrada e as fachadas dos palazzi
todo um campo de tropas, pois uma chuva
já destrói meia cidade, os agáricos
coloridos das barracas: o verão e as nuvens
singram ao largo – aqui e ali uma mais pálida
e mais pesada tem que se deitar nos dutos,
pende exangue como um cadáver suíno
a uma verga. e você: vá mais fundo

nach canaletto

»... che l'occhio s'inganna, e crede realmente di vedere la vera, non la dipinta ...«
(Pietro Guarienti)

vor allem himmel und vor allem wasser,
die ganze stadt von der lagune
verdoppelt, während auf der mole ein paar fässer
gewittern, wellen an den mauern lecken;
ein maharadscha oder großwesir
vielleicht, und prachtvoll wie ein leguan
im hafenbecken dessen karavelle,
die regungslos und satt auf der geriffel-

ten bläue ausruht; masten, takelage
als fremdartige schrift, die nichts als ferne
bedeuten will, dazu das kehlige
geschrei von möwen, händlern aus verona
und mantua. dort wartet die kalesche
im schatten der arkaden auf die feiern-
den, dort der löwe von sankt markus,
von so viel bronze zahm; jede markise

gestreift und die fassaden der palazzi
ein ganzes heerlager, weil schon ein regen
die halbe stadt zerstört, die bunten pilze
der buden: sommer, und die wolken segeln
vorbei – nur ab und zu wird eine blasser
und schwer, muß sich auf die kanäle legen,
hängt ausgeblutet wie ein schweinskadaver
von irgendeiner rah. und du: geh tiefer

na imagem, suma entre os cenários,
os arcos claros e as pútridas cloacas
estátuas e colossos de calcário
cada uma frágil como um frasco,
na fragrância de cebola e alho.
há as bandeiras e há as flâmulas
das roupas do varal, o lençol,
içado no peitoril, que diz: lacaios

não somos, senão enviados, cada saliência
torna-se sob sua lupa tão pomposa
como um domo de igreja. na soleira
o mendigo, gaiolas de bambu,
um cesto com ducados de peixe; vassoura,
pá e Vossa Eminência, com a boca
na botija, urinando. a luva branca
de couro de uma lula à barraca.

o que canta a mulher no terraço? o que murmu-
ram os casais no parapeito, para onde
as gôndolas seguem? em um dos padres rumina
uma dúvida, de que país os ouvintes
lá na frente se inteiram, ao que ele alude
o homem de bengala, a esturricada fronde
de pluma no chapéu? a pelerine púrpura
do dândi no batel das núpcias, fedelhos

estridentes; aqui um cão, que não ladra
senão rói o seu osso, ele mesmo carcomido
pela luz ofuscante, as trouxas e os fardos
do vendedor de panos, crisálidas
não desabrochadas, que apenas mais tarde
em bailes de máscaras abrem suas asas para,
por toda uma noite impossível, levitarem
como borboleta de brocado: toda a vida

ins bild, verschwinde zwischen den kulissen,
den hellen bögen und den fauligen
kloaken, statuen und steinkolossen,
jeder zerbrechlicher als ein flakon,
im duft von zwiebeln und kartoffelklößen.
es gibt die fahnen und es gibt die flaggen
der tropfenden wäsche, das gehißte laken
vorm fensterbrett, das sagt: keine lakaien,

sondern gesandte sind wir, jede schwiele
wird unter deiner lupe so pompös
wie eine kirchenkuppel. auf der schwelle
der bettler, vogelkäfige aus bambus,
ein korb mit fischdukaten; besen, schaufel
und seine eminenz, erwischt beim pis-
sen an der wand. der weiße lederhand-
schuh eines tintenfischs an einem stand.

was singt die frau auf dem balkon? was flüstern
die pärchen an der brüstung, wohin fahren
die gondeln? nagt in einem von den priestern
ein zweifel, und von welchem land erfahren
die hörer da vorne, worauf weist er hin,
der mann mit gehstock, dem verdorrten farn
von feder am hut? die fliederpelerinen
der stutzer auf dem hochzeitskahn, die plärren-

den kinder; hier ein hund, der statt zu bellen
an seinem knochen nagt, selbst blankgenagt
vom gleißenden licht, die packen und die ballen
des stoffverkäufers, noch verpuppt, noch nicht
geschlüpft, die später erst auf maskenbällen
die flügel öffnen, um durch eine nacht,
die es nie geben wird, zu schweben
als falter aus brokat: das ganze leben

um dia com suas meias e perucas
cintilantes, onde a frota de três pontas
se separa, ela se demora um minuto
sobre pontes, cruza pelos becos. por
cima das casas os trapézios de sol, o rubro
borgonha, sombras negras na piazza,
e sempre como jorge e o seu dragão
aquele limpa-chaminés sobre o oitão.

nascido antonio canal
o cenógrafo, logo tornou-se uma lenda
como unicórnios e a correnteza ao cabo
de horn, na barganha mais ladino que
qualquer cliente, que sem alarde e conduta
estranha, sentado, pintava e pincelava
para acabar emoldurado por uma cripta
que restou sem rastros, sequer querubim

de mármore, sumir sem deixar pupilos,
como se ele jamais tivesse existido –
se ali não estivessem remos, puas
e ovéns, bando de pombos, tábuas soltas,
as plantas nos vasos, guinchos de poço
e oitões, que como cartas no tresette
se engavetam; não houvesse lá
sobretudo água, sobretudo luz.

ein tag mit seinen leuchtenden perücken
und strümpfen, wo die flotte der dreispitze
sich trennt, sie noch ein weilchen über brücken,
durch gassen weiterkreuzen. die trapeze
aus sonne auf den häusern, die burgun-
derroten, schwarzen schatten auf der piazza,
und immer noch wie georg mit dem drach-
en jener schornsteinfeger auf dem dach.

antonio canal, geboren
als bühnenbildner, bald eine legende
wie einhörner, die strömung vor kap hoorn,
beim feilschen pfiffiger als jeder kunde,
der ohne lärm und seltsames gebaren
nur saß und malte, malte, um am ende
gerahmt zu werden durch ein grab,
das unauffindbar bleibt, um ohne cherub

aus marmor, ohne schüler zu verschwinden,
als ob es ihn niemals gegeben hätte
wenn da nicht ruderstangen wären, wanten
und pfähle, taubenschwärme, lose bretter,
die pflanzen in den töpfen, brunnenwinden
und giebel, die wie karten beim *tresette*
sich ineinanderschieben; wäre da nicht
vor allem wasser, und vor allem licht.

portafortuna

não toquei a corcunda de um gnomo
em nápoles, um último bichinho
de sol, na rede das rosáceas, no domo,
mas ali havia um agora e ali havia um aqui.

se encostei no lago ocrida a minha orelha
no mármore, para ouvir de são naum
seu coração, pra lá e pra cá e sem trégua
em sua câmara uma eternidade? não.

no claustro de subiaco não tive ânsias
de beijar o pé lustroso de são benedito,
o pêndulo estridente de andorinhas no barranco.
mas havia um lugar, um saber repentino.

não rocei na cripta úmida em dublin
a mão da múmia de um cruzado,
a sua luva, a fina pele do doublet
de couro, curtido, retesado,

enquanto o velho vigia na soleira
se torceu na sombra rindo-se,
mas houve ali um instante, um sentido
de que algo lá dentro uniu-se,

deixou-me intuir, o que guardado
ficou e eu sempre comigo trago.

portafortuna

ich habe nicht den buckel eines zwergs
in neapel berührt, ein letztes kleines tier
aus sonne auf dem dom, im netz des maßwerks,
doch da war ein jetzt, und da war ein hier.

hielt ich am ohridsee mein ohr gepreßt
an marmor, um dem kalten herz von naum
zu lauschen, hin und her und ohne rast
in seiner kammer ewigkeit? wohl kaum.

war in subiacos kloster nicht versucht,
den blanken fuß von benedikt zu küssen,
ein schwalbenpendel kreischend in der schlucht.
doch es gab einen ort, ein plötzliches wissen.

ich habe nicht in dublins feuchter krypta
die mumie eines kreuzfahrers gestreift,
den handschuh seiner hand, das feingerippte
lederwams der haut, gegerbt, gestrafft,

während der alte wärter an der tür
sich in den schatten, in sein kichern wand,
doch da war ein moment und das gefühl,
daß etwas sich im innersten verband,

mich ahnen ließ, was mir für alle tage
erhalten bleibt, was ich stets mit mir trage.

lembrança de buffalo

após o concerto, a sinfonia de bruckner,
a maior das sinfonias, dos pampas
um vento nas ruas: nós, desfiladeiro de prédios
e aquele homem com uma câmera

e calças de couro bávaras; o escalpo
em farrapos de um cartaz, os olhos
de coiote amarelados do poste, um galope
de latas vazias. e lá de cócoras

também eles, os músicos, atrás de *forugh's*
persian cuisine, do cinema apolo
à luz da neve apenas, em seus fraques

pretos, na espessa queda de flocos,
fundidos por noite e frio, no ponto
de ônibus apertados, cobertos de piche e plumas.

erinnerung an buffalo

nach dem konzert, der symphonie von bruckner,
die größere symphonie, aus der prärie
ein wind in den straßen: wir, die häuserschluchten
und jener mann mit kamera und bayri-

scher lederhose; der zerfetzte skalp
eines plakats, die gelblichen kojoten-
augen der laternen, ein galopp
von leeren dosen. und dort kauerten

auch sie, die musiker, hinter *forugh's*
persian cuisine, dem nur vom schnee erhellten
kino apoll in ihren schwarzen fracks,

im dichten fall der flocken, föderierte
von nacht und kälte, an der haltestelle
zusammengedrängt, und wie geteert und gefedert.

o último de zanigrad

para Ludwig Hartinger

os mais próximos vizinhos, os pés de sabugo
no limiar da vila,
não emprestam sal, atrás do açude,
da lagoa, a garça vigia,

o atirador e a lança são um só;
cortinas desbotadas
que acenam em janelas vazias, quando saio
no encalço de bagos

e ervas, testo minhas caiçaras,
e uma vez, esfolei
na décima terceira lua, duas corças
como dois colchões.

nada sobrou de todos os sabe-tudos, cada
um dos burocratas,
exceto o vento, que vasculha as casas,
em jardins desgrenhados;

nada do trem, que parou na curva,
e segue apurado logo.
de todos o mais belo gorjear é o da árvore,
cortada há muitos anos.

eu sou o último. de vez em quando o corvo,
que é um expert em tons
de preto, e na ruína dos correios
o mais leve porte

de duas brancas-das-couves. à frente nada
me seguirá, tudo se dissipa-
rá comigo: na alvura dos mapas
os leões se aninham.

der letzte von zanigrad

für Ludwig Hartinger

die nächsten nachbarn, die holunderbüsche
am dorfrand, leihen
kein salz, und hinterm weiher, hinterm wehr
ein lauernder reiher,

der werfender und speer in einem ist;
verblaßte gardinen,
die mir durch leere fenster winken, wenn ich
nach beeren und kräutern

zu suchen beginne, meine fallen prüfe,
und einmal, im dreizehn-
ten mond, die beiden hirsche, die ich abzog
wie zwei matratzen.

nichts blieb von all den neunmalklugen, all
den bürokraten,
bis auf den wind, der in den häusern wühlt,
in struppigen gärten;

nichts von dem zug, der in der kurve hielt,
dann weitereilte.
am schönsten zwitschert es im baum, den man
vor jahren schon fällte.

ich bin der letzte. ab und zu der rabe,
der ein experte
für schwärze ist, und auf der postruine
das leichtere porto

zweier kohlweißlinge. nichts wird mir folgen,
alles zerlaufen,
mit mir verschwunden sein: im weiß der karten
hausen die löwen.

as bolas de tênis

a era de borg e méquenrô,
pouco depois do ararat
e do sinai, e a trégua das moscas
dos pastos à tarde, enquanto o escar-

late da quadra de tênis às costas
latejava e latejava: entre poros –
o estrume, a minúscula ágata
da vique ou da honras-d'ouro,

para além do alambrado, do poste
de concreto armado,
da sebe da ros-
eira brava

e do seu simples modelo planetário,
as encontramos, com um volley
ou com um praguejar catapultado
deste mundo e agora como bolas

putrefatas, castanhas, disformes
cabeças de tsantsa, que não aguardam
a safra, nem as flores, no campo à nossa frente,
porém tão raras como os ovos de um dodô.

algo pareciam sim querer ensinar
barbudas de musgo, quando envoltas
no lixo, na lama em vez de quicarem,
com uma beijoca de velha,

se estatelavam no solo
ou nos abriam seu âmago
com ar de mofo, um boca-
do de fôlego –

die tennisbälle

die ära von borg und mäckenroh,
nur kurz nach ararat
und sinai, und die stechmückenruhe
der weiden abends, während noch das rot

der tennisplätze uns im rücken pochte
und pochte: zwischen porös-
en kuhfladen, dem winzigen achat
von ackerminze oder ehrenpreis,

jenseits des maschendrahts, der pfosten aus beton,
der hage-
butten-
hecke

und ihrem simpleren planetenmodell,
fanden wir sie, mit einem volley
oder mit einem fluch aus dieser welt
herauskatapultiert und nun als fauli-

ge kugeln, braun, entstellt
wie schrumpfköpfe, weder ernte
noch blute erwartend, vor uns auf dem feld,
doch kostbar wie die eier einer dronte.

sie schienen etwas lehren zu wollen,
bärtig von moos, wenn sie in schmutz, in
schlamm gehüllt statt abzuprallen
mit einem greisenschmatzen

liegenblieben am grund
oder ihr innerstes uns auftaten
mit muffiger luft darin, einem mund-
voll atem –

daquele minúsculo momento
talvez com o placar zero a
zero, em que um oponente
recolhe o saque, semicerrando os olhos

diante da chapa de luz solar no court
sem poder ver se a bola cai, se ela
se encontra em vôo, se, apesar de tudo
e todos, sobe e sempre mais alta sobe
            com sua gema de feltro
            amarelo, buço brilhante –,

antes de abandoná-las ao tempo,
outros milagres em mente, costas mais remotas
e esquecidas, elas logo imersas na relva
e já a meio caminho de uma rocha.

von jenem winzigen moment
beim stand von null zu
null vielleicht, in dem ein kontrahent
zum aufschlag ausholt, blinzelnd vor der walze

aus sonnenlicht über dem platz
nicht sicher sein kann, ob der ball im fall, im
flug ist, ob er nicht allem zum trotz
noch steigt und immer höher steigt
                    mit seinem dottergelben
                    filz, dem leuchtenden flaum –,

bevor wir sie dem wetter überließen,
andere wunder im sinn, entferntere küsten,
vergessen, bald versunken in den wiesen
und schon auf halbem wege zum gestein.

blues de centauros

heróis envenenamos, instruímos príncipes,
heróis envenenamos, entornamos os barris,
e, no entanto, tudo foi enfim um desatino.

onde acaba o cavalo e começa o cavaleiro?
quem sabe se ele é cavalo ou cavaleiro?
algo susteve-se. algo galopou a frente.

a mãe, uma nuvem que nos embalou
até que a mais sombria nuvem abalou,
sob os artelhos voou pelos platôs –

e nós, ébrios de assalto, com o pelo fumegante,
tumulto mata adentro. hoje pelo algum fuma,
nenhum casco estala, e a noite ofusca.

caso de pé no rio estejas, na neblina busca
pelos contornos conhecidos. conta conosco.

kentaurenblues

wir haben helden vergiftet, prinzen gelehrt,
haben helden vergiftet, faß um faß geleert,
und doch war alles irgendwie verkehrt.

wo hört das roß auf, wo beginnt der reiter?
wer weiß schon, ob er roß ist oder reiter?
etwas hielt inne. etwas galoppierte weiter.

die mutter, eine wolke, die uns aufzog,
bis jene düsterere wolke aufzog,
unter den fesseln durch die wiesen flog –

und wir, berauscht vom raub, mit dampfendem fell,
ein lärm in den wäldern. heute dampft kein fell,
klappert kein huf mehr, und die nacht ist grell.

wenn du am fluß stehst aber, suche im dunst
nach den vertrauten schemen. rechne mit uns.

ensaio sobre flores de sol

para Reiner Kunze

existem as constelações
do céu ao sul e do céu ao norte,
e existem elas: as flores de sol.

vivendo com o gado, nas pastagens,
não nas estufas e nos parques.
seu truque: ainda poder
pairar ao rés do chão,

tremular em asteriscos,
antes que a noite precoce
como sombra de vaca as cubra.

até mesmo aquele astrólogo,
que sabe ler no escuro,
ao andar descalço pelo prado,
se lembrará delas.

versuch über silberdisteln

für Reiner Kunze

es gibt die konstellationen
des südlichen und des nördlichen himmels,
und es gibt sie: die silberdisteln.

zu finden beim vieh, auf den weiden,
nicht in den glashäusern und parks.
ihr trick: so dicht am boden
noch schweben zu können,

in asterisken zu glimmen,
bevor die frühe nacht
als schatten einer kuh auf sie fällt.

auch jener astrologe,
der im dunkel zu lesen versteht,
barfuß über die wiese geht,
wird an sie denken.

turfa

para aprendizes, no livro havia
mesmo sem indicação uma gosma.
o que seguiu foram horas
e horas pelo frio com o gorgo-

lejar e as bufas
do brejo ingerindo o sapato esquerdo e a brenha
toda, pisando em musgos, verrugas
de colina, um equilibrar-se

como sobre uma cáfila de camelos,
as felpudas, amareladas corcovas
de grama; milhas e milhas
de lama no calcanhar com um pé coxo

e ainda outra vez os canais cavados
por uma jazida, o arquivo de turfa,
enquanto para todo o cúmulo
o céu escancarou suas pesadas portas

e tu trepidan-
te arrastaste o corpo por mais turfa
ainda, teu íntimo pingando de chuva –
uma pilha tombada de bíblias,

a pegada correndo pela meia-
luz de uma sombra, turfa em trinchas
ou enquanto montes,
um tatu, tórpido em seu trapiche –,

e agora, a vinte metros apenas do ponto
onde uma rua se desdobra, com olhos
de caça-níqueis, com o topo
dos chifres, grosso como o antebraço de um homem,

torf

für anfänger, hatte im buch gestanden,
auch ohne wegweiser ein klacks.
was folgte, waren stunden
um stunden durch die kälte mit dem glucks-

en und furzen
des deinen linken schuh und ganze urwälder verzehren-
den moors, auf moose tretend, hügelwarzen,
ein balancieren

wie über eine herde von kamelen,
die filzigen, vergilbten höcker
aus gras; meilen um meilen
mit einem klumpfuß schlamm an der hacke

und immer wieder jene durch ein flöz
getriebenen gänge, das archiv von torf,
während zu allem überfluß
der himmel seine schweren tore auf-

riß und du bibbernd
den körper weiterzogst, an noch mehr torf
vorbei, dein innerstes von regen troff
ein umgekippter stoß von bibeln,

die durch das zwielicht laufen-
de fußspur eines schattens, torf in scheiben
oder als haufen,
ein gürteltier, erstarrt in seinen schuppen –,

und jetzt, nur zwanzig meter von der stelle,
wo eine straße sich entrollt, mit münz-
schlitzaugen, dem scheitel
der hörner, dick wie oberarme eines mannes,

um bode ou um feroz carneiro
no fim deste lugar-
ejo há muito abandonado, eis
o deus da turfa,

que, através de sua máscara
de ébano te encara, espera,
e tu, todo atento aos mosaicos
de bosta de ovelha e sem qualquer dúvida, sem resposta,

apenas com a escolha de virar para trás
para o alto pântano adentro, para os ventos
uivantes, ou ao final sob lágrimas
ante toda a pretura prostrar-se de joelhos.

ein kapitaler widder oder bock
am ende dieses dorfes,
das längst verlassen worden ist, der gott
des torfs,

der dich durch seine maske
aus ebenholz anstarrt, wartet,
und du, ganz auf die mosaike
von schafsmist konzentriert und ohne jede frage, ohne antwort,

nur mit der wahl, dich umzudrehen,
zurück ins hochmoor, zu den singen-
den winden, oder endlich unter tränen
vor all der schwärze auf die knie zu sinken.

a faia-púrpura

para Ursula Peters

ficou quieto tão de repente, que eu ouvia
o bolo crescer, a massa de trigo e passas
na minha cozinha e em todas as cozinhas
ao redor do mundo, o tique-taque

do relógio. de resto som algum, nenhum alarde –
exceto a vibração, a pretura quieta tiri-
tante à janela, o minúsculo alarme
das moscas, de suas sinetas de quitina.

ninguém no porão de reservas, só a penum-
bra das prateleiras, uma paleta fria de vidros
de conserva; o quarto das crianças às sombras,
o banheiro, a câmara, no galpão de utensílios

um espírito de erva antiga. eu fechei a porta
e segui ao longo da cerca aquecida de sol,
de madeira, duplicada pelo aroma, até o povo-
ado ao longo dos campos, lagos, soltas,

através dum bosque até aquela árvore
(ainda com farinha nas mãos)
que se armou no campo como um devaneio
de um dorminhoco, um taj mahal

de vento e folhagem, pagode em chamas,
um clarão, e por dentro então a gargalhada
clara sobre mim, quando olhei para cima,
estavam todos aí, sentados na larga galhada.

die blutbuche

für Ursula Peters

es war so plötzlich still, daß ich den kuchen
wachsen hörte, den rosinenteig
in meiner kuche und in all den küchen
der welt ringsum, das ticktack

der uhr. sonst kein geräusch, kein lärm –
bis aufs vibrierende, das leise zittern-
de schwarz am fenster, winziger alarm
der fliege, ihrer glocke aus chitin.

im vorratskeller niemand, nur das schummer-
licht der regale, kühle buntglasscheiben
aus eingemachtem; leer die kinderzimmer,
das bad, die stube, im geräteschuppen

ein geist von altem gras. ich schloß die pforte
und lief vorbei an sonnenwarmen zäunen
aus holz, vom duft verdoppelt, und zum ort
hinaus, vorbei an feldern, weiden, seen,

durch einen wald und bis zu jenem baum
(an meinen händen immer noch das mehl),
der aufstieg aus der wiese wie ein traum
aus einem schlafenden, ein taj mahal

aus laub und winden, flammende pagode,
ein leuchten, und im innern dann das helle
lachen über mir, das vollgepackte
geäst, als ich nach oben sah. und da saßen sie alle.

giovanni gnocchi ao violoncelo

giovanni gnocchi toca bach, e lá fora
faz verão, faz calor, faz cidade
mas o abelhão mais sublime aqui está,
perdido na sala fria, voa pesado
de nota em nota, de página a página.

giovanni gnocchi toca bach, e bach
também o toca, deixa que os dedos escalem
como marujos pálidos sobre os mastros,
lá fora faz calor, é julho, a cidade,
e tudo iça velas. e tudo zarpa.

giovanni gnocchi am violoncello

giovanni gnocchi spielt bach, während draußen
der sommer ist, die hitze, die stadt.
die göttlichste hummel aber ist hier,
verirrt im kühlen saal, fliegt träge
von note zu note, von blatt zu blatt.

giovanni gnocchi spielt bach, aber bach
spielt auch ihn, läßt seine finger klettern
wie blasse matrosen in der takelage,
während draußen die hitze ist, juli, die stadt.
und alles setzt segel. und alles legt ab.

IV

encontro marcado para caçar jacarés

tu a faca, ágil e afiada o bastante
para ajudá-los a sair do terno,
seus nobres flancos de couro; eu o porrete,
só por cautela.

eu o bote raso, que de impulso e au-
dácia foi construído a rebites,
invisível à guarda de caça e até aos cães
quase inaudível,

tu a lanterna, o facho de luz, que os olhos
do lagarto apanha, traiçoeiramente
fulgura na água, caso a lua cheia tropi-
cal não baste.

eu os mosquitos, eu os brejos do mangue,
tu os jaburus com as longas pernas,
gôndolas de pluma ao nosso lado, que mansos
zingam no poente,

a descer do céu, e da água o crepúsculo
se erguendo, até que ninguém mais saiba,
se é o espelhado ou se a imagem do espelho,
e a canoa de zinco

pelo meio de constelações deslize
faminta, fria. eu mantenho o rumo. saca
tu a espingarda. mira firme no escuro
entre dois astros.

verabredungen für die kaimanjagd

du das messer, wendig und scharf genug,
um ihnen aus dem anzug zu helfen, ihren
edlen lederflanken. den knüppel ich, nur
sicherheitshalber.

ich das flache boot, das aus eingebung und
wagemut zusammengenietet wurde,
unsichtbar für wildhüter, selbst für hunde
nahezu lautlos,

du die taschenlampe, den lichtstrahl, der die
echsenaugen findet, verrätcrisch im
wasser leuchten läßt, falls mein tropenvollmond
nicht schon genug ist.

ich die mücken, ich die mangrovensümpfe,
du die jaburus mit den langen beinen,
federgondeln neben uns, friedlich durch die
dämmerung stakend,

die vom himmel sinkt, und die dämmerung, die
aufsteigt von den wassern, bis man nicht weiß, ob
man gespiegeltes oder spiegelbild ist,
bis unser blechkahn

mitten durch die konstellationen gleitet,
hungrig, kalt. ich halte die richtung. nimm jetzt
du die flinte. ziele genau ins dunkel
zwischen zwei sternen.

frincha

o verão, quando me chamaram para dentro,
com andorinhas, exatas como escalpelos
rasantes sobre os campos, aqueles maduros
cachos de trovão por detrás da capela,

e no instante em que os gatos se mandaram
pro porão feito um tiro (o instinto dos bichos,
o contato ancestral), quase desaba em mim mesmo,
o abalo da torre, a batida. já eram cinco.

na manhã seguinte, concedeu-nos o vigário
a subida: pombas de carvão, cheiro de incêndio,
o sino-mestre do tempo dos fuggers –

nos primeiros passos logo se via a frincha,
que finamente denteada pelo cobre incidia
assim como um inseto preso sob um vidro.

riß

der sommer, als sie mich nach drinnen riefen,
mit schwalben, die präzise wie skalpelle
über die felder schnitten, jenen reifen
gewittertrauben hinter der kapelle,

und gerade als die katze wie gestochen
zum keller rannte (der instinkt der tiere,
der urkontakt), fast in mir selbst das krachen,
vom turm der eine schlag. da war es vier.

am nächsten morgen ließ uns der vikar
nach oben: kohletauben, brandgeruch,
die meisterglocke aus der zeit der fugger –

beim nähertreten erst sah man den riß,
der feingezackt über das kupfer kroch
wie ein insekt, gefangen unterm glas.

alce

a escopeta quente como uma artéria
nos meus punhos. um estouro seco
e já se foi, ao passo que ainda de
vale em vale o facho aceso do eco caça.

ao meu redor se agrupa a roda surda
de tios. as barbas, entremeadas nelas
as pérolas de gelo; a água abrindo sulcos
por desfiladeiros cobertos de neve.

seguimos o rastro de sangue contor-
nando a corcova da serra. naúsea, tardia
luz – então suas pás, às voltas no ar,
como as mãos de um campeão junto à taça.

elch

der warme doppellauf wie eine schlag-
ader in meiner faust. ein kurzer knall
und schon vorüber, während noch von tal
zu tal das leuchtfeuer des echos jagt.

um mich versammelt ragt die stumme runde
von onkeln auf. die bärte, eingeflochten
die perlen aus eis darin; das rinnende
wasser unter schneebedeckten schluchten.

wir folgen seiner blutspur um den buckel
des hügels. übelkeit, ein spätes licht –
dann seine schaufeln, um die luft gelegt
wie hände eines champions am pokal.

os estudos

perdoe-me, maestra, mas
detestava você e seu piano, as tardes
de quarta-feira surdo-encarpetadas,
os dentes amarelados

de cavalo, o teclado à mostra,
hesitando em frente a uma casa,
em que a partitura da hera trepa-
va por sobre todas as calhas,

os vitrôs da porta, por onde a luz irrompia,
então parecia refratar-se e depois flutuar,
até que algo grande surgiu através do poço
do corredor, até que você, madame, aflorou,

perfeita e austera como uma fuga,
olhou, com piedade, pra baixo
e aceitou-me, o *boogie woogie*
para principiantes debaixo do braço.

como agora posso entender bem
sua impaciência. as escalas, os acordes
há muito dissipados – de repente
tudo retorna, quando encontro

o fantasma do seu perfume, pesado como
um último ato, no ônibus ou no
supermercado: este compasso
rigoroso do metrônomo com sua urna

de carvalho donde surgia um dedo seco
de cadáver, o relógio de pêndulo, as fotos na parede,
diante disso a besta envernizada de preto,
no qual você ouvia algo, que eu não percebia,

todos os estudos de dois-quartos, três-sextos,
aquela lâmpada bruxu-
leante de chá sobre a mesa. e sem saber
ainda confundo schubert e schumann.

die etüden

vergeben sie mir, maestra, aber
ich haßte sie und ihr klavier,
die teppichdumpfen mittwochnachmittage,
die falben klepper-

zähne, die gebleckte tastatur,
zögernd vor einem haus,
an dem der efeu seine partitur
bis über alle rinnen wuchern ließ,

dem butzenglas der tür, wo sich das licht
brach, dann zu bündeln schien, zu schwimmen,
bis etwas großes durch den brunnenschacht
des hausflurs stieg, bis sie, madame, erschienen,

perfekt und streng wie eine fuge
auf mich hinuntersahen, sich erbarm-
ten und mir öffneten, den *boogie woogie*
für anfänger unterm arm.

wie gut ich heute ihre ungeduld
verstehen kann. die tonleitern, die längst
verklungenen akkorde – unvermittelt
kehrt alles wieder, wenn ich dem gespenst

ihres parfums, schwer wie ein letzter akt,
im bus oder im supermarkt
begegne: dieser unerbittliche takt
des metronoms mit seinem eichensarg,

aus dem ein dürrer totenfinger kam,
die pendeluhr, die fotos an der wand,
davor das schwarzlackierte ungetüm,
in dem sie etwas hören konnten, was ich nicht verstand,

all die zweiviertel- und dreisechstel-
etüden, jene schimmern-
de lampe tee auf dem tisch. und ich verwechsle
noch immer schubert und schumann.

pieter codde: *retrato de um homem com relógio*

I

mal posso apanhá-la:
como se ela se tivesse pousado nas pontas
dos meus dedos, só para ficar sentada sem delongas
e descansar como uma borboleta
de brilho estranho,

que abre suas asas, fecha,
abre, fecha,
então dourada segue dançando.

II

eu poderia ser tudo, rude e corvo
de azar, que sacode das penas
a chuva, enquanto o seu rubi como olho
brilha no bar; alguém que se empenhe
só por barato a cantar, até que a lagarta
felpuda do bigode sob o nariz esperneie;

um especulador de tulipas, um armador,
que se esconde atrás de vitrôs de garrafa,
sonha com viagens a ceylon e retour,
enquanto nos pátios as canecas tatalam,
as frias lanternas de leite de haarlems ou rotter-
dam. ouço dormindo, o arranhar

das amarras? devo chorar, quando os gansos-
bravos migram, está meu gibão coberto
de fumaça e pólvora de uma dúzia de guerras?
eu poderia ser tudo, um picareta
e forjador de intrigas – branca e redonda a gola
de seda, engenhosa como um ninho de vespas.

pieter codde: *bildnis eines mannes mit uhr*

I

kaum daß ich sie halte:
als hätte sie auf meinen fingerspitzen
sich niedergelassen, nur um kurz zu sitzen
und auszuruhen wie ein falter
von seltenem glanz,

der seine flügel öffnet, schließt,
sie öffnet, schließt,
dann golden weitertanzt.

II

ich könnte alles sein, rauhbein
und unglücksrabe, der das regennasse
gefieder schüttelt, während sein rubin
als auge in die schenke leuchtet; einer, der nur so
zum spaß zu singen anfängt, bis die pelzigen raupen
des schnurrbarts tanzen unter seiner nase;

ein tulpenspekulant, ein reeder,
der sich versteckt hält hinter butzenscheiben,
von reisen träumt nach ceylon und retour,
während die kannen in den höfen scheppern,
die kühlen milchlaternen haarlems oder rotter-
dams. vernehme ich im schlaf das schaben

der taue? muß ich weinen, wenn die graugän-
se weiterziehen, ist mein wams benetzt
von rauch und pulver dutzender von kriegen?
ich könnte alles sein, opportunist
und ränkeschmied – der runde, weiße kragen
aus seide kunstvoll wie ein wespennest.

III

mais uma vez o teu olhar
retorna ao detalhe: tu vês a barba
no queixo, o grisalho ali dentro, a abotoa-
dura bordada; vês a barra

na camisa dobrada, onde floco
a floco está costurada a neve, e a fronte,
da qual os cachos pendem como uma flâmula
além da fronteira, sem ventos, frouxa.

meu chapéu de aba-larga que, como um furo,
lá atrás se abre, um tinteiro miúdo,
que está tombado, cuja poça prolifera

aos poucos, cujo preto me suga,
ao passo que o olho fala: fica mais um
pouco, mariposa perfeita, inseto que pulsa.

III

wieder geht dein blick
zurück zu dem detail: du siehst den bart
am kinn, das grau darin, und den bestick-
ten ärmelschlitz; du siehst die borte

am umgeklappten hemd, wo flocke
um flocke schnee vernäht ist, und die schläfe,
von der die locke hängt wie eine flagge
jenseits der grenze, ohne winde, schlaff.

mein breitkrempiger hut, der wie ein loch
dahinter klafft, ein tintenfäßchen,
das umgekippt ist, dessen lache

sich langsam ausdehnt, deren schwarz mich einsaugt,
während das auge spricht: bleib noch ein bißchen,
perfekter falter, tickendes insekt.

ensaio sobre cercas

às vezes um buraco se abria no arame,
como se tivesse um satélite
ousado aproximar-se demais da terra, por saudade
dos gramados, das ondas de rádio rubras

de tulipa, ou então uma tábua branca
pendia tão solta, que seria possível arrancá-la,
e com o sorriso amarelo de um vagabundo
meter-se em jardins bem cuidados.

afinal tudo começou às suas costas,
percebemos, quando nos seguiam, quietos,
pelos gramados, elétricos por verões de grilos,
ao largo de pastagens, pelo trigo oscilante;

sentar sobre os seus lombos cálidos,
com esporas nos pés e com um acúmulo
de urtigas em cortejo, aqui
uma flâmula de lã amarela, acolá

junto ao lenho da impecável lua dupla
de um cavalo de carga, e uma vez ou outra,
aquela que permanecia invicta – só o fantasma
do dente de leão passava sem esforço.

na curva da grande estrada,
separamo-nos. alguns viraram ladrões,
outros cerejeiras. oh, a mérula ardia,
quando nós à noite jazíamos na cama.

versuch über zäune

manchmal klaffte ein loch im draht,
als hätte sich ein satellit
zu nah an die erde gewagt, aus sehnsucht
nach gräsern, nach dem roten tulpenfunk,

oder eine weiße planke hing
so lose, daß man sie ziehen konnte,
durchs grinsen eines vagabunden
in aufgeräumte gärten stieg.

alles begann ja erst hinter ihnen,
das ahnten wir, wenn sie uns lautlos folgten,
durch wiesen, elektrisch vom grillensommer,
vorbei an koppeln, am wippenden korn;

auf ihren warmen rücken zu sitzen,
mit rittersporn am fuß und einem pulk
von brennesseln im gefolge, hier
ein wimpel gelber wolle, dort

am holz der prachtvolle doppelmond
eines ackergauls, und hin und wieder einer,
der unbezwingbar blieb – nur das gespenst
des löwenzahns zog mühelos hindurch.

wo die große straße abbog,
trennten wir uns. aus einigen wurden diebe,
aus anderen kirschbäume. oh, die amsel glühte,
wenn wir am abend in den betten lagen.

coruja

"Voa sem apuro, coruja,
pelo escuro, teu curso, coruja,
pra ti e pra mim, nós todos, coruja..."

quieta como uma urna – até que os urros
ao alto sobre as frontes
nos detêm, curiosa, como se algo urrasse
através dela; em vestido de plumas cobre

ou castanho sentada entre os galhos,
com um véu níveo, fino como o míldio
e a renda de bruxelas,
esparge graciosos amuletos

de sua plumada,
mal se vê, antes se sente;
a pedra angular no grande domo da ramagem;

uma fresta amarela e mais uma amarela fresta,
dois olhos atrás das portas com tapeça-
ria de cortiça, então a floresta. a floresta. a floresta.

eule

»Schwebe ohne Eile, Eule,
Durchs Dunkel, deine Aula, Eule,
Für dich und mich, uns alle, Eule ...«

still wie eine urne – bis die rufe
hoch über den köpfen
uns stocken lassen, sonderbar, als rufe
etwas durch sie hindurch; im braunen oder kupfern-

en federkleid zwischen den zweigen sitzend,
mit einem weißen schleier, zart wie mehltau
und brüsseler spitze,
verstreut sie die grazilen amulette

ihrer gewölle,
kaum mehr zu sehen, eher noch zu spüren;
der schlußstein in dem großen laubgewölbe;

ein gelber spalt und noch ein gelber spalt,
zwei augen hinter den tapetentüren
aus borke, dann der wald. der wald. der wald.

sarajevo

o décimo cemitério branco
junto a uma daquelas encostas
é um conjunto
de caixas de abelhas: recolham
o mel, bichinhos aplicados,
minúsculos mortos.

sarajewo

der zehnte weiße friedhof
an einem jener hänge
ist ein ensemble
von bienenkästen: sammelt
den honig, fleißige tierchen,
winzige tote.

proteu

I

quase nada mais real que o unicórnio
e raro como a esfinge ou o dragão
de cujo ovo queriam que viesse
da primeira vez que veio a público,
cabeça de medusa no espelho de um riacho;
peixe albino de quatro patas,
como o chamavam os aldeões
ao grito de alguém,
sua arte: ser esquecido.
assim envelhece. assim sobrevive
aos que buscam por ele.

II

em um reino sem luz
e sem cores, sem vento,
vive o peixe humano, sem nenhum outro
inimigo que o sol, mais delicado que o ofício
de vidreiros, quase nada mais pesado que uma carta
e mais leve que um gole d'água.
não sabe nada de nosso mundo
ou sabe tudo? com uma pele,
tão permeável, que nada a veda
e aceitaria todo tipo de venenos,
de fortunas, restringe-se
a pouco, abdica de comida
e até da própria sombra.

grottenolm

I

kaum wirklicher als das einhorn
und selten wie sphinx oder drache,
für dessen brut man ihn hielt,
als er sich erstmals zeigte, medusenhaupt
im spiegel eines baches;
schneeweißer fisch mit vier beinen,
wie die bauern ihn nannten,
dem schrei eines menschen.
seine kunst: vergessen zu werden.
so wird er alt. so überlebt er
die nach ihm suchen.

II

in einem reich ohne licht
und ohne farben, ohne wind,
sitzt der olm, der keine feinde
außer der sonne hat, zarter als die arbeit
von glasbläsern ist, kaum schwerer als ein brief
und leichter als ein schluck wasser.
weiß er nichts von unserer welt
oder weiß er alles? mit einer haut,
so durchlässig, daß sie nichts verwehrt
und alles aufnähme an giften,
an reichtümern, beschränkt er sich
aufs wenige, verzichtet aufs essen,
sogar auf den eigenen schatten.

III

devo ter me aproxi-
mado de você naquela época
atrás da fronteira,
que você nem imagina,
no carste, naquela zona,
na qual é ainda
possível sumir,
quem tarde da noite
sai para fumar
sobre o chão perfurado,
por sobre o sistema
de grutas, onde a ferrugem
se armazena nas armas,
talvez mesmo em soldados
caducos de esperar
pelo fim da guerra,
décadas depois
do fim da guerra, onde
você, S flexível,
voa entre vazios
que lhe são seguros,
pontífice branco
através de cavernas, céu,
meu irmão mais frio,
através do escuro épico
com nada além do relógio
de goteira e
cego como homero.

III

ich muß dir nahe-
gekommen sein, damals
hinter der grenze,
von der du nichts ahnst,
im karst, jener gegend,
in der noch immer
verschwinden kann,
wer spät in der nacht
zum rauchen hinausgeht
auf löchrigem grund,
hoch überm system
von grotten, wo rost
auf waffen lagert,
vielleicht gar soldaten
ergraut auf ein ende
des krieges warten,
jahrzehnte nach ende
des krieges, wo du,
geschmeidiges S,
durch leeren fliegst,
die dir sicher sind,
in päpstlichem weiß
durch höhlen, himmel,
kälterer bruder,
durch episches dunkel
mit nichts als der uhr
aus tropfendem wasser
und blind wie homer.

a mão de domingo

ali se encontrava, entre as máscaras
de peste e agulhas de batismo, na vitrina
entre o trono-clister, caixas de cuspe
e brocas de pedal dos pais, bisavôs,

saiu da escuridão como resquício,
de cera brilhante sob luz de halo-
gênio, insólita relíquia
de um santo anônimo.

não como o seu oposto, a garra
de trabalho com seus ganchos, argolas,
perfeitamente inútil: no arranjo
de piano, muda, sobre o colo, nos almoços

de feriado, fria como um lúcio ao garfo,
no truco nem mão de trunfo ou de corte
(sobre a pretura da bíblia uma mariposa pálida,
no jogo das sombras, uma única imagem: o cão),

porém, mesmo rudimentar, completa,
mais consistente que sua irmã mais morna,
jamais enrugada, sem nódoa, nem pelos,
tremendo ou umedecida de suor,

e para nós, últimas visitas a retirarem-se
da sala, tardios destinatários do seu
único gesto vazio, já quase familiar
e, de algum modo, um tipo de consolo.

die sonntagshand

da lag sie, zwischen den pestmasken
und taufspritzen, in einer der vitrinen
zwischen klistierstuhl, spuckkasten
und tretbohrern von vätern, urgroßvätern,

trat aus der dunkelheit wie ein relikt,
schimmerte wächsern unterm halogen-
licht, seltsame reliquie
von einem namenlosen heiligen.

nicht wie ihr gegenstück, die arbeitsklaue
mit ihren haken, greifern, ösen,
vollkommen nutzlos: beim klavier-
spiel stumm im schoß, während der festtagsessen

kalt wie ein zweiter hecht neben der gabel,
beim skatspiel weder trumpf- noch geberhand
(ein blasser falter überm schwarz der bibel,
als schattenwurf ein einziges bild: der hund),

und doch auf kümmerliche art perfekt,
beständiger als ihre warmen schwes-
tern, niemals faltig, nie gefleckt
und haarig, zitternd oder naß von schweiß,

und uns, die wir als allerletzte gäste
den saal verließen, späte adressat-
en ihrer einen, ihrer leeren geste,
schon fast vertraut und irgendwie ein trost.

variações sobre tonéis de chuva

alcei o tampo
e encarei o imenso
olho do melro.

*

ao pé de ameixa
atrás de casa – calmo,
frio, um mestre zen.

*

tipo de forno
no avesso, não fumava,
tragava nuvens.

*

se o chutássemos,
gorgolejava apenas,
sem revelações.

*

como se nele
o submundo irrompesse
para escutar-nos.

*

tubo de órgão
prateado, calha: dali
pulsava o clima.

regentonnenvariationen

ich hob den deckel
und blickte ins riesige
auge der amsel.

*

unterm pflaumenbaum
hinterm haus – gelassen, kühl
wie ein zenmeister.

*

eine art ofen
im negativ; qualmte nicht,
schluckte die wolken.

*

gluckste nur kurz auf,
trat man zornig dagegen,
aber gab nichts preis.

*

als stiege durch sie
die unterwelt hinauf, um
uns zu belauschen.

*

silberne orgel-
pfeife, fallrohr: dort hindurch
pumpte das wetter.

*

um verão todo
submerso: em tempesta-
des transbordavam.

*

fica, disse o breu,
sua face se dilui a
cubo de açúcar.

*

velho como o jar-
dim cheira a lago silves-
tre, um barrel styx.

*

alcei o tampo,
retraí-me. o canto
do melro nublou.

*

pleno no outono,
ia-se agora em centenas
de lesmas negras.

*

o que me restou
na cabeça encravado: o
medalhão “ratos”.

*

einen sommer lang
ganz versunken. dann, bei sturm,
schäumte sie über.

*

bleib, sprach das dunkel,
und dein gesicht löst sich auf
wie ein stück zucker.

*

alt wie der garten,
duftend wie ein waldsee. stand
da, ein barrel styx.

*

ich hob den deckel,
zuckte zurück. der amsel-
gesang dunkelte.

*

übervoll im herbst,
lief sie aus in hunderten
schwarzer nacktschnecken.

*

was ich im kopf be-
hielt, eingefaßt vom rund:
das medaillon »ratte«.

*

a última gota
do ramo. na paz, calmo,
o abalo do gongo.

*

um cismar, cismar;
no inverno o estalo: como
halos de gelo.

*

ein letzter tropfen
vom baum. in der stille,
still, der bebende gong.

*

ein grübeln, grübeln;
im winter die erleuchtung
als scheibe von eis.

V

lamento com iaque

traz sua cordilheira sobre o passo,
abarrotado de seda, com um saco
de arroz, sequer em um mínimo grau
sai fora de seu passo, do compasso;
ao longo da carcaça de avião, do rastro
do yeti, em seu estábulo himalaia,
frente a cumes branco-serrilhados: iaque.

as madeixas, sua cabeça de xamã...
com o gosto de leite na boca,
tão pastoso, que se mastiga natas,
de ver, como ele labuta, labuta,
junto ao riacho, à catarata congelada.
os globos oculares - verniz de piche
e lá dentro uma luz fraca, ah.

durante a noite as fogueiras crepitantes,
seu estrume, cozido no sol, ali dentro,
o fumo sobre a chapada, o campo;
à noite o coruscar frio de estrelas,
o trovejar das avalanches, enquanto
seu crânio nu acorda entre telhado
e caixilho de janela, mas ah,
mas ah, iaque, ah, iaque, ah.

lamento mit yak

trägt sein gebirge übern paß,
bepackt mit seide, einem sack
voll reis, gerät auf schmalstem grad
nicht aus dem tritt, dem takt; vorbei
am flugzeugwrack, der yetispur,
in seinem stall himalaya,
vor weißgezackten gipfeln: yak.

die zotteln, sein schamanenhaupt ...
mit dem geschmack von milch im mund,
so fett, daß man sie kauen kann,
zu sehen, wie er rackert, rackert,
am bach, dem katarakt aus eis.
die augenkugeln – schwarzer lack
mit einem schwachen licht im innern, ach.

bei nacht die knackenden feuerstellen,
sein dung, von sonne gebacken, darin,
der rauch über der ebene, dem acker;
bei nacht das kalte flackern der sterne,
das krachen der lawinen, während
sein nackter schädel zwischen dach
und fensterrahmen wacht, doch ach,
doch ach, yak, ach, yak, ach.

as xícaras

para Jan Kollwitz

a tarefa era simples: uma xícara,
modelar uma ao agrado do mestre
venerável. ele lançou-se em sua casca
de noz ao mar, refletiu até pronti-
ficar-se do caminho com seu batel
rumo a ásia e então seguiu sua luz

à aldeia do mestre, dormiu ao lus-
co-fusco de tabernas, até que uma xícara
modelasse, uma que tudo rebatesse
ou parecia rebater, mesmo as que o mestre
bem fabricara, uma que nascesse pronta.
chegara a hora. pôs-se na ponta dos cascos,

mesmo não adentrando em uma casa,
apenas em um casebre com uma luz
de sebo, luazinha com seu aro. pronta-
mente ficou pálido, quando sua xícara
foi virada, revirada, quando o mestre
calmo e inalterado bateu e rebateu-

a em pedaços – e como ele abateu
uma a uma assim que pôde. e nada, nenhum caco
de apreço, palavra alguma de seu mestre,
nenhum sinal. estaria ele sendo ilu-
dido, ficava mais tolo a cada xícara?
porque não um jarro ou um prato?

die tassen

für Jan Kollwitz

die aufgabe war einfach: eine tasse
zu töpfern, die dem ehrwürdigen meister
gefiel. er war auf einer nußschale
von schiff in see gestochen, hatte reif-
lich überlegt, bis er den weg einschlug
nach asien, doch folgte seinem licht

ins dorf des meisters, schlief in zwielicht-
igen kaschemmen, bis er eine tasse
geschaffen hatte, die ihm alles schlug
oder zu schlagen schien, was selbst dem meister
gelungen war, beinahe aus dem stegreif.
es war soweit. er hatte sich in schale

geworfen, auch wenn er in kein chalet,
nur einen schuppen trat mit einem talglicht,
blakender kleiner mond mit seinem reif.
doch wie erblaßte er, als seine tasse
gedreht, gewendet wurde, als der meister
sie ruhig und ohne zorn in stücke schlug –

wie er auch jede weitere zerschlug,
sooft er kam. und nichts, keine pauschale
bewertung, nie ein wort von seinem meister,
kein zeichen. führte man ihn hinters licht,
war er mehr narr mit jeder neuen tasse?
warum nicht eine vase, einen armreif?

onde fazia calor, caiu neblina, a geada de pronto
cobriu o tanque de carpas; sua janela, embaçou.
amadurecer a ideia de preencher uma xícara
completamente como a fruta a sua casca...
sentou-se, modelou da manhã até a luz
da noite a sua argila, sempre com o mestre

em mente – e nada fez além da mais tênue
terrina de milho; às vezes, passado do ponto,
um pêssego. seus cabelos iam ficando translú-
cidos e brancos, antes que o verão se abates-
se de novo em inverno, e aquele gosto de asco
na boca, pela milésima vez entregou
              em forma e cor perfeita-
              mente idêntica uma xícara

ao mestre – que sorriu, levou a xícara
à luz e bateu-lhe sobre os ombros: pois
estava pronto para o seu primeiro vaso.

wo hitze war, kam nebel, deckte reif
den goldfischteich; sein fenster, das beschlug.
zu wachsen, die idee von einer tasse
ganz auszufüllen wie die frucht die schale...
er saß, formte vom morgen bis zum licht
des abends seinen ton, stets mit dem meister

im sinn – und nichts als etwas dünne maister-
rine, manchmal, wenn auch überreif,
ein pfirsich. seine haare wurden licht
und weiß, bevor erneut ein sommer umschlug
in winter, und am gaumen jener schale
geschmack, als er zum ungezählten mal
            jene in form und farbe ganz und
            gar identisch aussehende tasse

dem meister gab – der lächelte, die tasse
ins licht hielt und ihm auf die schulter schlug:
denn er war reif für seine erste schale.

koi

no tanque o ensopado original, atrás do cume
da estufa: koi, assim se acotovelam
como fios dourados entretecem a pretura

de uma alfombra, suas trajetórias
mais difíceis de prever que as dos cometas;
o focinho redondo, assim que tocam

o ponto que separa o ar da água, não parece
formar nada além de seus nomes, diapasão
alto ou baixo demais para nossas orelhas,

inaudíveis: koi, um firmamento de níqueis
no fundo do tanque, sob eles pendentes,
apaixonados como cada brasa pelo sinistro,

ao caminho de estacas um flutuar, um flamejar.
algo de sua calma de titãs, do pertinaz
batimento cardíaco eles deveriam transladar

-me, quando mantenho a mão no escuro
e espero pelo toque frio, pelo áspero
vestido de lantejoulas; e assim a idade estreia.

koi

die ursuppe von teich, hinter den giebeln
der palmenhäuser: koi, wie sie sich drängen,
als goldene fäden einen gobelin

aus schwärze durchwirken, ihre bahnen
schwerer vorherzusagen als kometen;
das runde maul, das nichts als ihren namen

zu formen scheint, wenn sie den punkt berühren,
der luft von wasser trennt, ihr kammerton
zu hoch oder zu tief für unsere ohren,

unhörbar: koi, ein firmament aus geld
am grund des beckens, unter ihnen hängend,
verliebt ins schummrige wie jede glut,

neben dem plankenweg ein schweben, schwelen.
etwas von ihrer hünenhaften ruhe,
dem sturen herzschlag sollte übergehen

auf mich, wenn ich die hand ins dunkel halte
und warte auf den kalten stoß, das rauhe
paillettenkleid; und so beginnt das alter.

ao vento da nova zelândia

para Lorenzo Buhne

não é dia para sombrinhas, nem para chapéus:
ele embrulha a folha dupla de um tabloide,
que majestosamente como arraia imensa
paira rumo ao molhe, e tatua a pele
com minúsculas agulhas, nas calefações ressoa
em cada tubo. não é mês,

sequer ano para saias ou escova,
pentes e permanentes,
quando espanta os cordeiros e como peças
de xadrez os toca
pelas campinas, e sobre os penedos,
ele se enfia por baixo de cada teto

e se aconchega entre paredes e tape-
çarias, dilata a dinastia em fuga
de wellington até auckland com retorno,
move oceanos por sobre o lago taupo.
vindo do norte é o vapor de enxofre
ao redor de rotorua,

o borbulhar de lama que ferve,
as cinzas de tongariro;
vindo do leste sopra a lentura
de samambaias prateadas e dobra ao tergo
os pinheiros de bunya, escova a araucárias
a contrapelo, a várias vozes como o tui,

auf neuseelands wind

für Lorenzo Buhne

kein tag für schirme und hüte:
er packt die doppelseite einer zeitung,
die majestätisch wie ein riesenmanta
zur mole schwebt, und tätowiert die haut
mit winzigen nadeln, spricht in jeder heizung,
in jedem rohr. kein monat,

kein jahr für röcke oder fönfrisuren,
für lockenwickler und kämme,
wenn er die lämmer aufscheucht und wie schach-
figuren
über die weiden schiebt, über die hänge;
steigt unter jedes dach

und schmiegt sich zwischen wände und tape-
ten, dehnt die flüchtige dynastie
von wellington bis auckland und retour,
treibt ozeane über den lake taupo.
von norden her die schwefeldünste
um rotorua,

das blubbern von heißem schlamm,
die asche des tongariro;
von osten her bläst er den tau
vom silberfarn und knickt am bergkamm
die bunya-pinien, bürstet die araukarie
gegen den strich, so vielstimmig wie der tui,

pelo qual se travaram batalhas
com as suas canções e odes;
prragueja sobre campos de golfe,
consigo leva para longe as esferas brilhantes
(você as reencontra no fim da noite
na constelação de grou).

vindo do oeste as flores brancas
da waratah
e de vez em quando um coral
de baleias-corcundas; o frio da antár-
tida vindo do sul, últimas palavras
duma expedição, que morreu de frio há uma cara.

um den man kriege führte
mit seinen balladen und liedern;
pöbelt über die golfplätze
und trägt die leuchtenden bälle mit sich fort
(du findest sie am späten abend wieder
im sternbild schütze).

vom westen her die weißen blüten
der waratah
und ab und zu ein chor
von buckelwalen; vom süden
die kälte der antarktis, letzte worte
einer expedition, die schon vor wochen erfror.

ficus watkinsiana

começa onde os outros desejam parar,
na luz; de si mesma desce de rapel,
com exatidão acerta aquele olhal
miúdo na selva tropical, se entrelaça.

abalroa o continente pelo ar,
uma vez ancorada, arrancaria
por si mesma todo o azul-zepelim,
que se estende sobre ela, não sobre seus pés:

ela cresce, do orvalho ao massame,
da rede à grade, agarra a forma
perfeita, a abraça, se lança entre
tudo o que é hospedeiro e não-hospedeiro.

de manhã com o esganiçar rompe-latas
de kakadus em bando;
de manhã com as venezianas
de samambaias e o primeiro sol,

que penetra através das lamelas,
com o piar de chaleira de um pássaro.
de algum lugar o ranger silente
da porta no interior de um tronco:

ali de pé está ela, arquivada, o que era, como vazio,
como sala oca, a cativar porém com frutos,
por sua vez reais e doces – a árvore
que suplantou o lugar de uma árvore.

ficus watkinsiana

beginnt, wo andere aufhören wollen,
im licht; seilt sich ab aus sich selbst,
trifft exakt jenes winzige öhr
im regenwald, fädelt sich ein.

entert den kontinent aus der luft;
einmal verankert, entrisse ihn
selbst das gesamte zeppelinblau,
das über ihn hinzieht, nicht seinem grund:

er wächst, von tau zu takelage,
von netz zu gitter, erfaßt die form
perfekt, umschlingt sie, schiebt sich zwischen
all das, was wirt und nicht-wirt ist.

morgen mit dem blechzerreißenden
kreischen eines kakaduschwarms;
morgen mit den jalousien
von riesenfarn und erster sonne,

die durch die lamellen dringt,
dem teekesselpfiff eines vogels.
von irgendwo das leise knarren
der tür im innern eines stamms:

dort steht er, archiviert, was war, als leere,
als hohlraum, aber lockt mit früchten,
die wirklich sind und süß – der baum,
der an die stelle eines baumes trat.

hipocampo

o que restou não foi a metade do limoncello
da lua sobre nápoles, nem mesmo a suíte
com vista para o golfo; o que restou foi a luz
diluindo-se, o borbulhar por trás dos vidros
grossos no instituto do mar, os cavalos marinhos

refletindo-se; os dois cavalos marinhos
cada um em sua armadura, quase vítreos,
que pareciam mais estar de pé que flutuando,
como se escutassem um ao outro, ou uma suíte
de bach, como as fendas f em um violoncelo.

hippocampus

was blieb, war nicht der halbe limoncello
von mond über neapel, nicht die suite
mit blick auf den golf; was blieb, war das verschwimmen-
de licht, das gluckern hinter dicken gläsern
im meeresinstitut, die seepferdchen,

einander spiegelnd; die zwei seepferdchen,
jedes in seiner rüstung, beinahe gläsern,
die eher zu stehen schienen denn zu schwimmen,
als lauschten sie einander, oder einer suite
von bach, wie f-löcher in einem cello.

os fundadores

em pinturas antigas é possível vê-los
as toucas sem culpa estufadas de leve
como um traquete, mas imóveis, e
à direita um cão, que os fareja ou ladra,

sem que o escutemos. com os olhares
extáticos e sempre de joelhos, enquanto no quarto
apenas acaba de ocorrer um milagre,
o rumor de piano, ao lado, bocejando o car-

pinteiro fura um buraco, com a lima
e o serrote à sua frente sobre a mesa, o alicate,
com a ratoeira armada a um fio de cabelo
na janela. ou aqui, antes daquela cena,

estampada pelo escuro, a nuvem
carregada: na sua clareira, hipólito,
quatro cavalos, uma quadriga fume-
gante que o puxa em cada ponto

cardeal do corpo, uma bússola à dor,
um x tenebroso. ao fim e ao cabo
sebastião, pelado até o saiote,
eriçado por flechas, porém intacto.

como desejamos, que desertem a imagem;
revoltem-se, gritamos, usem o seu tempo,
levantem-se e façam algo. mas eles sabem:
basta apenas a distração de um momento

para piscarem um olho ou se coçarem breve-
mente, então como ferrolho frio a pedra
tapa novamente o túmulo; de pé resta
a cruz e, vazia até ao escadote, uma prateleira

die stifter

auf alten bildern kannst du sie betrachten,
die unschuldigen hauben sanft gebläht
wie focksegel, doch reglos, und zur rechten
ein hund, der sie beschnüffelt oder bellt,

was wir nicht hören. immer hingekniet,
immer verzückten blicks, während im zimmer
das wunderbare eben erst geschieht,
das flügelrauschen, nebenan der zimmer-

mann gähnend seine löcher bohrt, die feile
und säge vor sich auf dem tisch, die zange,
mit der aufs haar gespannten mausefalle
im fenster. oder hier, vor jener szene,

bedrückt durch dunkel, das gewittrige
gewölk: hippolytos auf seiner lichtung,
vier pferde, eine dampfende quadriga,
die ihn in jede himmelsrichtung

des körpers zieht, ein kompaß für den schmerz,
ein grauenhaftes x. zu guter letzt
sebastian, nackt bis auf den lendenschurz,
gespickt mit pfeilen, aber unverletzt.

wie wünscht man, daß sie ihren platz verlassen;
erhebt euch, ruft man, nutzt doch eure zeit,
steht auf und tut etwas. aber sie wissen:
nur ein moment der unaufmerksamkeit,

um kurz zu blinzeln oder sich zu kratz-
en, und der stein schiebt sich als kalter riegel
erneut vors grab; verlassen steht das kreuz
und leer bis auf die leiter, ein regal

em um porão, em uma despensa,
pra onde neste instante alguém subiu,
sumiu, e roubou logo o último dos potes
com o divino doce que sobrara.

as mãos dos fundadores, que dobradas sobre o peito
pousam sobre os trajes ou sobre as vestes
como mariposas pálidas – nas pinturas
antigas e sulcadas é possível vê-los.

in einem kellerraum, einem gelaß,
wo gerade irgendwer hinaufgeklettert,
verschwunden ist, das allerletzte glas
mit himmlischem kompott bereits geklaut hat.

die stifterhände, vor der brust gefaltet,
die sich auf den gewändern oder trachten
wie bleiche motten halten – auf den alten,
zerfurchten bildern kannst du sie betrachten.

réquiem a um cabeleireiro

já que às segundas tudo repousa, que tudo segunda fique,
cubram os espelhos. embotem das tesouras o seu fio.

quem nos deixaria estalar, girar os dedos, até cobrir-
nos uma nuvem de xampu, quem regia o seu cortejo

de garrafinhas e de cheiros e na prateleira os óleos,
com uma mão esbelta? quem aciona o grande órgão

de secadores de cabelo e deixa eles rugirem, inflarem?
tirem das cores o preto, misturem-no às cores claras.

pois agora manto algum tão suntuoso e lento mais decai
como uma tenda sobre o corpo, e aquele que deter-se

para pensar, vai procurar em vão sem saber pelo que busca,
apenas que os cabelos seguem a crescer, seguem a pulular.

requiem für einen friseur

weil montags alles ruht, nun alles montag bleibt,
verhängt die spiegel. nehmt der schere ihren schneid.

wer ließe finger kneten, kreisen, bis die wolke
des shampoos aufzieht über uns, wer dirigierte sein gefolge

von fläschchen und den duft, die öle im regal
mit einer schmalen hand? wer wirft die große orgel

aus fönen an und läßt sie brausen, läßt sie schwellen?
nehmt von den farben schwarz, vermischt es mit den hellen.

weil jetzt kein umhang mehr so prachtvoll, langsam wie ein zelt
herabsinkt überm körper, und wer innehält

nicht länger weiß, was es zu finden gilt, wonach zu suchen,
nur daß die haare weiter wachsen, weiter wuchern.

lontra

de manhã, às vezes morta nas nassas
dos peixes, fria como uma sereia
ou como viajante eterno saltan-
do sobre os campos, sobre areais,

ou até mesmo em cordilheiras, não se agarra
por aquela matilha, pela armadilha
dentada em seu intervalo: na água é
mais volúvel que a água, como onda iça

a uma margem qualquer à terra,
para então sob uma camuflagem de peliças
sair pelas aldeias afora e espreitar,
sem dar nas vistas, o alento dos adormecidos,

as orações noturnas à mesa ou à cama,
para deslizar algures de novo no próprio
reflexo de espelho, os fios do bigode branco
esticados tesos como algumas cordas

de violino. você a vê numa noite debruça
-da em si mesma, nadando de costas, quase pacífica,
quase como se brincasse, na nuca
o chão, as marés, um segundo céu,

antes que a fome de novo a agarre,
penetre-a como a mão
em uma luva, dominante e exata.
saqueadora fluvial, cadela d'água –

ela acumula tesouros inteiros
de prata em seu covil, uma riqueza
reluzente, que em breve fede, agora neste instante
como um amante assobia, se queixa

como nós, quando chega o final.
solitariamente brilhante jaz o lago– tão frio
e esgotado é sua própria obra, assinada
por um esqueleto de peixe corroído.

otter

am morgen manchmal tot in den reusen
der fischer, kalt wie eine meerjungfrau,
oder als ewig reisen-
der über felder hoppelnd, über eine au,

sogar durchs gebirge, nicht zu fassen
von jener meute, der gezähnten falle
in seinem dazwischen; ist im wasser
beweglicher als wasser, steigt als welle

an irgendeinem ufer an land,
um unter einer tarnkappe
aus fell durch die dörfer zu ziehen, unerkannt
dem atem der schläfer zu lauschen, den gebe-

ten nachts an einem tisch, in einem bett,
um andernorts erneut ins eigene spiegelbild zu gleiten,
sein weißes bart-
haar straff gespannt wie ein paar geigensaiten.

du siehst ihn im sich neigen-
den abend, auf dem rücken schwimmend,
fast friedlich, fast als spiele er, im nacken
den grund, die fluten, einen zweiten himmel,

bevor der hunger ihn aufs neue packt,
in ihn hineinfährt wie die hand
in einen handschuh, herrisch und exakt.
flüsseplünderer, wasserhund –

er häuft ganze schätze
aus silber an in seinem bau, eine schimmernde
pracht, die bald zu stinken beginnt, pfeift jetzt
wie ein verliebter, wimmert

wie wir, wenn es zu ende geht.
einsam glitzernd liegt der see – so kalt
und leergejagt ist er sein werk, signiert
von einem blankgenagten fischskelett.

ensaio sobre sabonetes

sempre por perto havia um pedaço,
seguia suas próprias fases
desfazia-se como quase tudo,
e surgia novamente pleno
e branco luminoso em sua concha.

pesava como uma pedra no punho,
se espumava, amaciava-se:
lavávamo-nos de caim a abel.

uma vez esquecido, erodiu
em lascas rachadas de asteróide,
mas repousa agora úmido e lustroso
como algo que imerge do fundo
do lago, por segundos, precioso,

e todos nós sentados à mesa:
noite sem luar, mãos perfumadas.

versuch über seife

ein stück war immer in der nähe,
folgte seinen eigenen phasen,
wurde weniger wie fast alles,
stand dann wieder voll
und leuchtend weiß in seiner schale.

wog wie ein stein in der faust,
schäumte auf, wurde weicher:
man wusch sich von kain zu abel.

einmal vergessen, verwitterte sie
zum rissigen asteroidensplitter,
doch ruht jetzt feucht und glänzend
wie etwas, das vom grund des sees
heraufgetaucht wird, sekundenlang kostbar,

und alle sitzen wir am tisch:
mondloser abend, duftende hände.

dachshund

"Como veria o mundo a Senhora Comtesse se tivesse – digamos – nascido como um salsichinha?"
(Jakob Johann von Uexküll para sua futura esposa, Gudrun von Schwerin)

como floresta. como caçada, como uma bola,
que rola pra mim, em frente ao tapete
faz um efeito e como lebre se evapora.
como em uma tarde tépida
        que como eu mesmo se espicha,
        antes que de novo um despacho

de fragrâncias me alcance. é um sistema
de signos: vem cá!, os cardos incitam
com seus punhos de espinho, cada haste
contém uma mensagem, xepas, tecidos,

até mesmo a câmara de pneu furado
de uma cobra atropelada. a raposa,
que toda tarde ao longo fareja
por trás do riacho, é o por do sol.

com a excitação do explo-
rador, seguir as pistas, de um cervo,
dos lobos e seus reinos ágeis, do texugo,
que, riscado de branco e preto

como bala de alcaçuz, aninha-se no escuro; latir,
apanhá-lo como um tubo à vácuo caça
pelos túneis de encontro ao vapor lanci-
nante: um gigante rude e medroso, um colosso,

estarrecido em seu casaco de cerdas,
enquanto as vozes se aproximam – um segundo
antes que eles cheguem, o barro e a terra rachem,
eu e ele sermos içados para cima, à luz.

dachshund

»Wie würden Sie, Comtesse, die Welt sehen, wenn Sie – sagen wir – als Dachshund geboren wären?«
(Jakob Johann von Uexküll zu seiner zukünftigen Frau, Gudrun von Schwerin)

als wald. als jagdausflug. als einen ball,
der auf mich zurollt, kurz vor meinem teppich
den haken schlägt und als hase enteilt.
als einen warmen nachmittag, der sich
so langhin ausdehnt wie ich selbst,
bevor erneut eine depesche

aus duft mich erreicht. es ist ein system
von zeichen: hierher!, rufen die disteln
mit ihren stachelfäustlingen, jeder stamm
enthält eine botschaft, altpapier, textilien,

sogar der aufgeplatzte fahrradschlauch
einer überfahrenen schlange.
der fuchs, der jeden abend hinterm bach
entlangschnürt, ist der sonnenuntergang.

mit der erregung des entdeckers
der fährte zu folgen, einem rehkitz,
den wölfen und ihrem beweglichen reich, dem dachs,
der schwarz und weiß gestreift wie ein lakritz-

bonbon in seinem dunkel sitzt; zu bellen,
wie eine rohrpost durch die gänge jagend,
dem scharfen dunst entgegen, ihn zu stellen:
ein plumper, ängstlicher riese, ein gigant,

erstarrt in seinem mantel aus borsten,
während die stimmen sich nähern – der augenblick,
bevor sie da sind, lehm und erde bersten,
man ihn und mich nach oben reißt, ins licht.

autorretrato com enxame de abelhas

agora há pouco nada mais que a fina linha
em volta do queixo e dos lábios, então uma barba
toda que cresce e se avoluma, até que a madalena
me assemelhe, esteja todo peludo de abelhas.

como me assaltam por todos os lados,
intempestivas; como lentamente, grama a
grama, cresce em existência, peso e largura,
o centro estático do canto...

com os braços abertos pareço
um cavaleiro que escudeiros ajudam
a vestir sua armadura, peça a peça
capacete, então couraça, braços, pernas, nuca,

até que ele dificilmente se mova, não ande,
apenas de pé fique, cintilante, com só uma lufa-
da de vento por trás do lustre, um hálito antigo,
e realmente visível somente assim que suma.

selbstporträt mit bienenschwarm

bis eben nichts als eine feine linie
um kinn und lippen, jetzt ein ganzer bart,
der wächst und wimmelt, bis ich magdalena
zu gleichen scheine, ganz und gar behaart

von bienen bin. wie es von allen seiten
heranstürmt, wie man langsam, gramm um gramm
an dasein zunimmt, an gewicht und weite,
das regungslose zentrum vom gesang...

ich ähnele mit meinen ausgestreck-
ten armen einem ritter, dem die knappen
in seine rüstung helfen, stück um stück,
erst helm, dann harnisch, arme, beine, nacken,

bis er sich kaum noch rühren kann, nicht läuft,
nur schimmernd dasteht, nur mit ein paar winden
hinter dem glanz, ein bißchen alter luft,
und wirklich sichtbar erst mit dem verschwinden.

posfácio a *variações sobre tonéis de Chuva*

por Douglas Pompeu

Regentonnenvariationen (2014), premiado em 2015 na feira do livro de Leipzig, é uma amostra de um dos pontos altos de toda a obra original e inventiva de Jan Wagner. Uma obra que se ocupa com temas e objetos do cotidiano, levando-os ao limite do conhecido e ao limite das formas tradicionais da lírica ocidental. Não é exagero dizer que Jan Wagner é um mestre da forma. Não somente as conhece, como as reinventa com precisão e sutileza, sem que o poema se feche ao leitor. Instiga uma leitura livre, acessível, fluida. Daí, por exemplo, as rimas tortas (slant rhymes) de Wagner, muitas vezes parciais, soantes, paralelas, visuais, nunca redondas, nunca completas, que ao invés de formatar, arejam o texto com ruídos e farpas sonoras e visuais em uma parataxe vertical – "giersch" rima com "garage" e "geräusch", "koala" com "kohle", "mütter" com "motor", "hü und brr" com "eroberer".

A rima, ao invés de ser vista como recurso obsoleto e antiquado, torna-se no projeto do poeta material de experimentação e inovação. Não por acaso, Jan Wagner abre seu discurso de agradecimento ao prêmio Georg Büchner com uma alusão à sua fascinação por rimas. "Não faço versos", teria confessado Büchner a um amigo; mas rimas, assegura Wagner, ele fazia a torto e a direito: "Recht" com "Rebellion", "Macht" com "Knetschaft", "Geschichte" com "Geschick" e "Schicksal". Aliás, é a partir desta constatação que o poeta resume o seu ofício ao fim do discurso: "sim, senhoras e senhores, eu faço versos [...] eu faço versos que, embora joguem com a rima, não rimam [...]". Versos que não compreendem o jogo com a sonoridade como brincadeira ou jogral, mas como fricção criativa, como meio de atrair e desatar imbricações cerradas, um jogo de libertar-se, um jogo sandeu com o "máximo de liberdade no espaço mais estreito": o poema.

Assim é que Jan Wagner define a sua poesia: como espaço fechado ou perfeitamente selado, em cujo interior leitor e poeta, uma vez encerrados nele, encontram-se sem saber como ali entraram ou como é possível saírem ilesos. Essa câmara feita de linguagem, na qual, de forma espantosa, todos encontram seu lugar sem que se sintam aprisionados, é, como afirma Wagner, feita de contradições, disparates e maravilhas em poucas linhas. O espanto ou o estarrecimento diante deste espaço hermético e enigmático e ao mesmo tempo libertador é que permite o poeta aproximar o poema da conhecida *looked room mistery*, presente nos romances policiais como cena do crime perfeito. O modelo claro aqui é Edgar Allan Poe com seu conto "Os assassinatos da rua Morgue". Para Wagner, diante do inexplicável da cena do crime, o leitor segue a leitura do caso policial assim como a leitura do poema, já que cada poema se desenvolve aqui como o caminho para um descobrimento. É o espanto, não a solução do enigma, que leva o leitor a diluir-se no texto até levá-lo a uma descoberta. A poesia torna-se neste caso uma espécie de hieróglifo na página, com a diferença de que mesmo decifrado segue enigmático. Voltamos ao poema ainda inúmeras vezes e não nos damos por satisfeitos. A experiência de leitura nos mantém indignados sobre o que acabou de acontecer ante nossos olhos e sobre o que, embasbacados, não podemos explicar.

Diferentemente do romance policial, no qual o leitor se depara com um mundo às avessas, que, uma vez solucionado, o devolve para o seu mundo ordenado, a poesia o translada deste mundo ordenado para um espaço às avessas, através do qual a experiência de leitura devolve o leitor a um mundo que agora foi confundido em sua aparente ordem, isto é, em sua maior fragilidade: a linguagem. As *variações* de Jan Wagner atuam, neste caso, como uma descoberta através de um universo que só aparentemente conhecemos. Um mundo ordenado e naturalizado de forma sempre frágil, para cujos detalhes, paradoxos e maravilhas o observador minucioso ou poeta-detetive aponta a sua lupa, bem ali na linha mais tênue que nos separa desta realidade conhecida, para então tensioná-lo com sua pinça ou, como sugere o título do discurso de Wagner, pô-lo sob escalpelo de sua linguagem.

Uma poética do minúsculo, assim também seria possível nomear o projeto de Jan Wagner. Um poeta da variedade imanente e terrena das pequenas coisas, a começar pela consequente tipografia. Assim como Hans Magnus Enzensberger, Wagner evita consequentemente as maiúsculas dos substantivos alemães, enquanto, por outro lado, evita o uso ativo do verbo, escrevendo sempre que possível em orações relativas. Maiúsculas atuam aqui como recurso visual e mimético da letra. O "V" do arado dos gansos no céu, o "F" besuntado nos guardanapos e o "S" do serpentear flexível do proteu. Todos estes recursos principalmente visuais não refletem somente uma poética de minúcias, como também uma poética preocupada com a disposição dos textos que parecem prontos a se descolar da página e a pairar no ar, suspendendo o tempo e ampliando o seu espaço, como no poema "ensaio sobre mosquitos". Um recurso nada trivial que nos leva de volta a uma metarreflexão constantemente presente nestas variações: a escrita. Uma escrita que nasce ela mesma na contradição de tentar suplantar o seu objeto tomando a sua forma – "a pedra de rosetta sem a pedra".

O jogo da forma chega ao ápice de sua composição com duas sextinas. Se aqui e ali o leitor quase não se dá conta de que está lendo um soneto, uma ode ou uma estância, de todos os poemas não passam desapercebidas as duas sextinas perfeitas na primeira e na última parte do livro e que tratam justamente do tema central das *variações*: a metamorfose. Wagner parece consciente da atração que uma forma justa e ao mesmo tempo permutável e flexível como a sextina é capaz de causar no leitor de poesia. Ao considerar formas ajustadas pela tradição não como objetivo em si, mas como meio ou material de composição, o poeta chega a resultados inesperados. Como menciona Ashbery, ao compor uma sextina, o poeta é assim obrigado a aterrissar os pés em um lugar onde eles nunca pisaram antes.

Ao valer-se de formas tão complexas sem que o texto exiba os andaimes da sua construção, o trabalho de Jan Wagner acentua que o difícil não é somente dar conta da complexidade que nos cerca, mas dar a ela uma forma justa, clara e, além disso, livre e original. Não só na questão melopaica, como também com relação ao que Ezra Pound nomeou de fanopeia, *variações sobre tonéis de chuva* é composto de uma imaginação visual de alta originalidade e invenção. A série de haicais que intitulam o livro é um exemplo do trabalho minucioso e multifacetado com a imagem de um poeta que desde o seu *debut* em 2001 com *Probebohrung im Himmel* ("Ensaio de perfuração no céu") cria achados visuais através de metáforas inusitadas e imagens que levam o leitor de um detalhe em um ramo de abrunhos até a uma vista aérea com fineza e naturalidade, como no poema "qualle" (água-viva), publicado em *Australien* (2010):

> água-viva
> olho voraz,
> o mais simples entre os simples –
> apenas um por cento de tudo o separa
> daquilo à sua volta
>
> arrasta-te adiante
> ao incógnito: uma lente ígnea, polida
> por ondas e marés; uma lupa
> que amplia o atlântico.

Construções visuais como esta maravilhosa água-viva como lente de aumento que amplia o oceano se encontram em todas as *variações*, dilatando minúcias em imensidões, justapondo dimensões e texturas, sobrepondo superfícies translúcidas até que, por exemplo, a imagem de dois músicos em fraques pretos apertados em um ponto de ônibus, em contraste com a queda de neve, possa ser comparada com a imagem violenta de uma tortura, em que se cobriam criminosos com piche e penas ("lembrança de buffalo"). Nos quatorze haicais da série, por exemplo, são agora os tonéis de chuva, uma vez abertos, que surgem como um olho de melro escuro a refletir as nuvens do céu até tornarem-se, no inverno, já redondamente congelados, as auréolas de homens santos. As imagens, os tons, como sugerem "os tonéis" do título do livro, assim como nuances de luz, sombra e cores, não estão apenas presentes nas construções visuais de Wagner, mas também no seu interesse pela pintura. Além do poema "três asnos, sicília", composto de três sonetos ao modo de uma natureza morta, e o último soneto "autorretrato com enxame de abelhas", cuja imagem de uma Madalena, pecadora exemplar coberta de pelos, é retirada da iconografia cristã ocidental, o longo poema "a canaletto" e "pieter codde: retrato de um homem com relógio" são traduções de pinturas clássicas em poesia.

Porém, o que salta à vista é que todo esse virtuosismo de Jan Wagner não se dá às custas de seu leitor. Na poesia de Wagner não há qualquer ar de presunção ou tentativas de exibir-se aqui ou ali com "torrões de genialidade" na construção de uma metáfora, de um soneto ou de uma sextina.

Como poeta interessa-lhe mais a tapeçaria do mundo, com vistas a um projeto de linguagem, do que, como mencionado anteriormente, a exibição de si mesmo, que até durante um autorretrato encontra-se envolto por um enxame de abelhas, tornando-se visível apenas com o seu desaparecer. O poeta, pouco visto nestas páginas, prefere manter-se atrás de sua poesia, atrás de suas abelhas, atrás de seu jardim, figura camuflada com o seu fundo, como o eu-lírico em a "coruja": "mal se vê, antes se sente".

Em seu lugar encontram-se observações precisas, metáforas incisivas, sensações balanceadas com um humor discreto, generosa e humildemente dispostos na página. Seus poemas, muitos deles dedicados a outros poetas, não são só seus, mas também do seu primeiro parceiro, o leitor, para quem Jan Wagner cede espaço e convida à participação com recursos de uma linguagem clara e corrente. Decisivo para o poeta é que ele não vê problema, por exemplo, como via Gottfried Benn, na "invasão" do prosaico em sua lírica, consciente de que esta "invasão" não significa uma diluição, mas uma expansão do texto poético.

"Os mais belos poemas partem sempre do confidente" e o seu objeto deve ser também confiável, afirma um poeta consciente de que a poesia dispõe de um material de confiança a todos: a linguagem. Realizado com êxito nestas páginas, o projeto do poeta é plenamente elucidado quando ele mesmo se coloca na posição do leitor de poesia: "parece-me que os melhores poemas e imagens são aqueles, e isto é o maravilho neles, que unem a sua originalidade a uma grande obviedade; que agem em nós, como se houvesse somente esta única imagem possível, como se o leitor ou o ouvinte a tivesse inventado ele mesmo neste exato momento ou já a trouxesse consigo há muito tempo." Como resultado, o poeta apresenta duas equações: "Quanto mais nova a imagem, mais confiável ela tem de ser a um só momento. Não se trata de inteligibilidade, mas de tornar algo novamente reconhecível, na linguagem, na escolha de objetos, na metafórica." *

Ciente destas particularidades da poesia de Jan Wagner, a presente tradução procurou seguir discreta e humildemente a lição do poeta. Nas palavras de Michael Hamburger, o intraduzível ofereceu muitas vezes uma arte de possibilidades ao tradutor, que em muitos casos procurou reestruturar o jogo do original. A tentativa em dar sentido e forma em português às qualidades da poesia de Jan Wagner sem perder o original de vista e sem se manter demasiado colado a ele, deu-se de forma laboriosa e duradoura. Assumida como projeto, a tradução dedicou-se, primeiramente, a possibilitar que os poemas destas *variações* ajam no leitor brasileiro como poemas escritos em sua língua e, em um segundo momento, que esta edição bilíngue seja lida como interpretação e diálogo.

Atento à forma, o trabalho de tradução esforçou-se consideravelmente em manter a sonoridade do original, menos pela reprodução da métrica em iambos do que pela

---

* Wagner, Jan. "Über das Schöne in der Lyrik", em: Schriften der Freien Akademie der Künste in Hamburg. 42, Hamburgo.

renovação da forma clássica, pelo tom despretensioso da sintaxe direta e simples e pela originalidade de imagens dos poemas de Jan Wagner. Alguns nomes populares de plantas e animais inexistentes ou sem tradução corrente na fauna e flora brasileira ou portuguesa, como o ambivalente "proteu" (espécie rara de anfíbio albino e cego, habitante dos cartes dináricos do sul da Europa, "grottenolm" em alemão), o cogumelo "morchella" (em Portugal conhecido também como "pantorra") e o cão "dachshund" (o salsichinha no Brasil) podem estranhar o leitor brasileiro, mas a escolha, ora por um equivalente pouco conhecido em português, ora por manter o título em alemão, buscou obedecer o jogo enigmático do livro.

Caso extremo é o intraduzível "giersch". "giersch" (aegopodium podograria), inço popular em toda a Europa, ao trazer a cobiça (gier) em seu nome, se esparrama através de aliterações por todo o poema, como uma praga que assalta o jardim, infesta o texto e a página à procura de uma forma que não a aprisione, mas lhe dê antes liberdade. Nestas páginas, "giersch" brota como "urtiga", uma erva-daninha corriqueira, conhecida de todos, mas sobre a qual, salvo engano, não há sequer um poema em nosso cancioneiro tradicional. O intuito foi manter e dialogar com o que, na interpretação da presente tradução, implica o poema de abertura das *variações*: a infestação dos jardins pela praga aparentemente indefesa, mas incontrolável, atua como metáfora central para o assalto da literatura e de sua tradição formal pela linguagem viva e inventiva da poesia de Wagner. Na tradução, enquanto a cobiça se recupera em parte pela urgência, o chiado das aliterações e assonâncias em alemão é mantido em português por uma urtiga que se não cresce ao pé da cerejeira (ressoando o poema de Paul Celan "Ein Knirschen von eisernen Schuhe"), mas ao pé de um juazeiro; que se cortada, também retorna como culpa, e espuma e baba, até formar um bunker de resistência felpudo, repetindo-se e proliferando sonoramente não na fricativa [ʃ] de "giersch", mas em nossa africada [tʃ] "urtiga".

Seguindo o mesmo princípio, foram tomadas também outras liberdades em relação ao original, inclusive com total permissão e incentivo do poeta (este também tradutor). Em alguns momentos a liberdade se deu com as rimas, como no caso da rima entre "baum" e "boheme", traduzida por "árvore" e "ar vadio", a rima entre "kanaan" e "keinen" ou "mündern" e "mandarinen" traduzida respectivamente por "canãã" e "não" ou "estrangeiras" e "tangerinas", e, por fim, a rima entre "helle" e "alle", traduzida por "gargalhada" e "larga galhada". Em outros casos, a liberdade vai de encontro ao que buscou o próprio poeta, mas só se realiza em uma língua alheia, como no maravilhoso metapoema "ficus watkinsiana". Ao descrever a imagem da figueira que estrangula uma árvore hospedeira até que ela desapareça e em seu lugar sobre somente o contorno de uma árvore, o poema termina com a revelação "der baum,/der an der stelle eines baum trat" (a árvore que tomou o lugar de uma árvore) que na tradução para o português, quase como uma metasolução, deixa-se resolver muito bem com o verbo "suplantar": "a árvore/que suplantou o lugar de uma árvore".

É, portanto, deste modo dialógico que a tradução se encaminha, com certo êxito em alguns momentos, com menos em outros. Considerando a tradução como uma leitura à flor da pele, ou até subcutânea do texto, a edição destes poemas procura se realizar sem abdicar do novo e muito menos deixar de considerar o seu leitor. A proposta é que a poesia de Jan Wagner deite raízes e se alastre entre os leitores de poesia no Brasil, assim como a erva-daninha que abre estas *variações*. Afinal, a poesia de Jan Wagner que chega agora ao leitor brasileiro prova o que parece ter dito Dylan Thomas sobre a poesia como uma contribuição para a realidade. *O mundo nunca será o mesmo desde que a ele for adicionado um bom poema.*

Índice de títulos em alemão

I

II

III

IV

V

Outros títulos das Edições Jabuticaba

A invenção dos subúrbios — Daniel Francoy
posfácio Guilherme Gontijo Flores

Que tempos são estes — Adrienne Rich
trad. Marcelo F. Lotufo

Por trás e pela frente primeiro — Kurt Schwitters
trad. Douglas Pompeu

As Helenas de Troia, NY — Bernadette Mayer
trad. Mariana Ruggieri

O método Albertine — Anne Carson
trad. Vilma Arêas e Francisco Guimarães

O Hábito da Perfeição — Gerard Manley Hopkins
trad. Luís Bueno

Os elétrons (não) são todos iguais — Rosmarie Waldrop
trad. Marcelo F. Lotufo

Cálamo — Walt Whitman
trad. Eric Mitchell Sabinson

Nocaute / 6 poetas / Cuba / Hoje — org. José Ramón Sánchez
trad. Rodrigo A. do Nascimento e Mariana Ruggieri

Diário de Classe — Antonio Arnoni Prado
apresentação Vilma Arêas

Sotto Voce e outros poemas — John Yau
trad. Marcelo F. Lotufo

Este livro foi impresso na gráfica PSI7, em papel pólen soft 80 g/m² (miolo) e cartão 250g/m² (capa) e composto em Garamond